小学館文庫

看取り医 独庵　隅田桜

根津潤太郎

小学館

目次

看取《みと》り医《い》 独庵《どくあん》 隅田桜《すみだざくら》

第一話　医学舎（冬）

1

暗闇の中から、沈丁花《じんちょうげ》の香りが漂ってくる。宵五つ（八時）を過ぎたころ、三日続いた雪がようやく止《や》んだ。降り積もった雪の上を風が走り抜け、粉雪が舞う。その粉雪の中から、すっと男が現れた。男は浅草諏訪町《あさくさすわちょう》にある独庵《どくあん》の診療所の潜戸《くぐりど》を叩《たた》き、

「独庵先生はいらっしゃるか」

声を出すが、風の吹き抜ける音に男の声が消されてしまう。

男はさらに力を入れて潜戸を叩いた。やや間があって、

「はい、お待ちください」

診療所を切り盛りする、働き者の女中、すずが潜戸を開けた。

「遅くに申し訳ない。私、医学舎《いがくしゃ》で塾長をしている最上信正《もがみのぶまさ》と申します。独庵先生に急ぎのご相談があって参りました」

羽織の上から合羽《かっぱ》を着た、がっしりした男が、威圧するような声で言った。

医学舎の塾長と聞き、すずは急いで玄関まで通した。

「ここでお待ちください」

待合室の火鉢の横に座らせた。

すずが診察室へ行くと、独庵は薬棚の整理をしていた。横には代脈《だいみゃく》の市蔵《いちぞう》がいて、黙々と手を動かしている。

「甘草《かんぞう》と桔梗《ききょう》がないから、薬種屋で買っておいてくれ」

独庵が言った。

「はい」

市蔵は筆で薬の名を書いている。すずは、忙しそうにしている二人に一瞬ためらったが、

「先生、医学舎の最上様がいらしております」

割り込むように言った。

「最上様が、はて、何の用事であろうか」

独庵は薬棚の引き出しを押し込むと、ゆっくり立ち上がった。

隣の待合室へ行き、背筋を伸ばして座っている最上を見た。最上は独庵に気がついて、

「独庵先生、夜分に申し訳ない。込み入った相談があって参った」

と言った。

「これはずいぶんお久しぶりですな。医学舎もいろいろ大変でございましょう」

独庵は医学舎が創設されたとき、ご意見番として、最上の相談役をしていた。その後、しばらく最上とは会っていなかった。

独庵は火鉢を挟んで座った。

「人目を盗むような刻限にやってきたのは、あまり周りには知られたくないこともありましてな」

「ほう、なんでございましょう」

独庵はあごひげをなでた。

「ご存じの通り、医学舎は私が御公儀に提案して作った医学教育の場でございます。

かりで」

ところが最近は、医者になりたい、御番医《ごばんい》になりたいという者の志の低さが呆《あき》れるば

　御番医は殿中《でんちゅう》に病人が出たときに診察に当たる医師のことで、表番《おもてばん》医師あるいは表御番医師ともいう。

「よほど腹にすえかねることでも、ございましたかな」

「家業を継げる能がないから医者にでもなるかという具合で、医学に対する熱意も欠けているのです」

「たしかに江戸市中に、医者が増えております。医者は他の生業《なりわい》とは違い、だれかに弟子入りして、なんとなく医者もどきをやることはできますからな」

　独庵は仕方がないという顔をした。

「いい医者を育てるために医学舎を作ったわけですが、なかなかやる気のある医者が集まらない」

「まあ、上を見ればきりがありません」

　独庵は最上の言葉を軽く受け流した。

「独庵殿、それはひどいものでございます。ここで愚痴をいくらこぼしてもしょうがありませんが……」

「医者を育てるのは大変な時代になりましたな。和蘭《オランダ》から新しい医学が入ってきて、大きく変わろうとしていますが、江戸の医学はまだまだです」

　独庵は溜息《ためいき》をついた。

　最上も、調子を合わせるように溜息をつくと、意を決したように言った。

「さて、今夜ご相談に参ったのは、御番医になるための医学考査のことでございます」

「ほう、何か不都合でもありますかな」

「ご存じとは思いますが、医学舎から成績のいい者を御番医として推すことになっています。考査の成績だけ見ると、ほぼ同じような四人の医者がおりまして、選ぶのに困っているのです。将来は奥医になるかもしれない医者を選ぶので、どうしても慎重になりましてな」

　奥医は将軍とその家族を診療する医師である。

「考査であるなら、最上殿が成績を見て決めればいいことではありませんか」

「それはそうなのですが、成績優秀であっても、医者としての資質や意欲となると、これがどうもいけません」

「そんなに志の低い者どもなのですか」

「まったく情けない。甲乙つけがたく、選ぶのを躊躇《ちゅうちょ》するということであればいいのですが、どの候補者もそれぞれ一長一短がありましてな」

最上は頭をかいた。

「それで、この私に御番医に推す者を、四人の中から一人選べとおっしゃるのですか」

「そういうことでございます。どういうやり方で吟味をしていただいてもかまいません、独庵殿に御番医を決めていただければいいのです」

「そうでございますか。しかし、私のような市井《しせい》の医者が、御番医の吟味をしていいものかどうか」

「いやいや、何をおっしゃいますか。独庵殿だからこそお頼みするのです。先生の鋭い診断力は江戸市中ではよく知られたことです。それを人の吟味に活《い》かしていただきたい」

最上は独庵が遠慮をしていると思って、ここぞとばかり押し込んでくる。独庵は腕組みして考え込んだ。最上はじっと独庵の顔を見ている。

「先生、ぜひ」

最上はもう一押しというように声をかけた。

いっとき間があって、独庵は大きく頷《うなず》き、腕をほどいて、

「そこまで言われては、どうも……。医学のためということであれば、お断りできませんな。わかりました。お引き受けいたしましょう」

独庵は頭を下げながら言った。

「おお、それはありがたい。ぜひともよろしくお願いいたします。これが四人の医者の閲歴《えつれき》でございます。このうちから御番医一人を決めていただきたい。少し変わった者たちですが、優秀なことは優秀です」

そう言いながら最上が風呂敷をほどいて、四つの冊子を差し出した。

「さすがに御番医に推すとなると、ずいぶんと調べが行き届いているようですな。して、変わったとはどういうことですかな」

感心しながら独庵が冊子を受け取った。

「それは会っていただけばわかります」

最上は奥歯に物が挟まったような口ぶりだ。

「とにかく、面談してみましょう」

そう言いながらも独庵は、なぜ最上が独庵に頼み込んできたのか、真意を計りかねていた。引き受けるとは言ったものの、独庵は吟味より、むしろ自分に頼んできたわ

けに興味があったのだ。

2

早朝、最上が吟味して欲しいと言ってきた四人の候補者の一人がやってきた。門は、すずが先に開けておいた。

表で「もーし」と大声が聞こえたので、すずが出ていくと、雪の降る中、笠を被《かぶ》り、蓑《みの》を着た背の低い男が立っていた。

すずの顔を見るなり、

「私、涌田半左衛門《わくたはんざえもん》と申します。最上先生の御指示により、やって参りました。独庵先生にお目通り願いたい」

能書きを棒読みするように言った。

「伺っております。中へどうぞ」

すずは招き入れようとした。

しかし、涌田は雪の中に立ったまま動かない。じっとしている涌田に驚いて、

「寒いですから、どうぞお入りください」

すずが言うが、それでもまだ入ろうとしない。雪の中に立っている笠地蔵のように見えて、すずは笑いをこらえた。

「どうかなさいましたか」

すずが尋ねるが、涌田は門の前を動こうとしない。独庵が様子を窺《うかが》うように出てきて、

「何をしている。早く中へ入らんか」

急《せ》かすように言うと、ようやくその笠地蔵が動いた。

玄関まで来て、涌田はまた動きが止まり、口だけを開いた。

「私、涌田半左衛門と申します。お世話になります」

棒のように突っ立ったままの涌田に、

「独庵だ。なんだ、緊張しているのか」

あきれ顔で言った。

「はっ。そんなことはございません」

「とにかく、上がってそこに座れ」

独庵は待合室に座らせた。

「かたじけなく存じます」

武士の言葉を不器用に使う。独庵は涌田の前に胡坐《あぐら》をかいた。

最上からもらった考査の結果と出身地などが書かれた冊子を眺めながら、涌田に聞いていく。

「五十鈴《いすず》藩の出か、あそこには江藤鴈治郎《えとうがんじろう》という有名な金瘡医《きんそうい》がいたな」

金瘡医とは、刀傷などを手当てする外科医のことだ。

「はあ」

どうやらわかっていないらしい。

「金瘡医で大切なことは何か知っているか」

そう言いながら、独庵はわざと待合室の棚に置いてあった花瓶に手を伸ばして床に落としてみた。

涌田が「あっ」と大声を出して、飛び跳ねるように後ろに倒れた。

それを見て、独庵は、

「だめだな。そんなざまでは金瘡医にはなれん。金瘡医にとって大切なことは、物事に動じないことだ。それでは患者の血を見たとき、先にお前が動転してしまう、それを金瘡医の下品《げぼん》というのだ」

「申し訳ございません」

涌田は起き上がって、頭を床に押しつけるように下げた。

「そんなことをするでない」

最上が送り込んできた候補者の一人目がこれでは、これから先が思いやられた。

会えばわかると言った意味が解《げ》せるような気がした。最上はやっかいな連中に引導を渡す役を押しつけようとしているのではないか。

涌田は、頭を少し上げて、

「私は、武士の出でありながら、剣術も弱く、見ての通りからだも小《ちい》そうございます。三男ですので家のやっかい者になっておりました。そこで父に、医者にでもなれと言われて、医学舎にやって参りました」

それを聞いて独庵は怒る気にもなれなかった。生まれてこのかた、ずっと親から邪魔者扱いされてきたのだろうとむしろ同情した。

医学舎での考査の出来をみると、決して学業が劣るわけではなかった。成績だけでみれば優秀だ。最上が困っていたのは、こういった気弱な立ち居振る舞いだったのだろうと察した。

「いままでどのような患者を診てきたのだ。療治数（診た患者数）を書いて、この次までに持って参れ」

「はい、わかりました」

相変わらず判で押したような返事しかできない。

独庵は涌田を引き取らせた。医学舎に通う医者の卵は、周辺の屋敷から通っている者が多い。地方から来た者は止宿《ししゅく》（寄宿）させていた。

分け隔てなく医学の勉強をさせようという趣旨は貫かれていた。

独庵が大切にするのは、医者になろうとする志であったが、どうも最上が送り込んでくるのはそういったこととは程遠い連中のようだった。


午後になって、二人目の候補者がやってきた。

紋付きの羽織を着た身なりのいい藤八《とうはち》という医者の卵が、独庵の前に正座していた。

開口一番、

「私の親が商売をやっておりまして、それを継ぐにはあまりに商才がないと言われ、医者にでもなるんだなと親から勘当同然で、医学舎に送り込まれまして……」

独庵はしばらく藤八の顔を眺め、頭を掻《か》いた。どうしてこう、「医者にでもなれ」と親から言われてきたような連中ばかりなのか。面談していくことすら、ばかばかしくなる。それでも引き受けたからには、自分なりの吟味をしなければいけない。そのためには、いいかげんな返事もできない。

「おまえは、医者という職業をどう思っているのだ」

独庵はどこか真剣味のない藤八に聞いた。

「どうと言われても、とにかく、病人を助けられれば、それでいいんです」

「おお、そうか。病人を助けたいという気持ちはあるのだな」

独庵は多少の救いがあると思った。

藤八は医学舎での考査の成績はよく、医者としての心構えさえしっかりしていればなんとかなる。

「先生、医者はなんだかんだ言っても、結局のところ金がいりますよね。高い薬も買い揃《そろ》えなければならないし、和蘭から入ってくる新しい道具も買わないといけませんし」

「まあ、そうだろう」

独庵は頷きながら、もっと言わせてみせようと思った。

「まずは、患者を集めて金を稼ぐ。金が貯《た》まったら、いい医者を目指そう、私はそう思っています」

「逆ではないのか」

独庵が確かめるように聞いた。

「いえいえ、金を稼いで、そこから立派な医者を志す。ともかく御番医になれば、名が上がり、江戸の名医と呼ばれれば、患者は自然に集まってきます」

「まあ、そうかもしれんが……」

ここまで言われてしまうと、さすがの独庵も次の言葉が出なくなった。

次いで、薬の知識を試すような質問をしてみた。

「息が切れて、足がむくんでいる患者を診たら、お前ならどうする。何を処方するのか」

「ああ、それは沢瀉《たくしゃ》、猪苓《ちょれい》がいいと思います。できれば白朮《びゃくじゅつ》も飲ませたほうがいいでしょうね」

あっさりと答えた。さすがにこのあたりはよく勉強している。知識だけはしっかり頭に入っているようだった。

ただ、医術は商売が先とはっきり言う藤八の考えを聞いたあとでは、やはり御番医にするのは難しいのではないかと思った。

江戸では、誰でも医者になれる。今日から医者になると言って医者を始めても、誰も咎《とが》めることはない。しかし、それだけに、医者としての技量が問われてくる。

独庵は医者の間口は開け放ったまま、競争させればいいと思っていた。

しかし、今の江戸はどうだろうか。最上が言うように、誰もが医者になれるとあって、玉石混淆《ぎょくせきこんこう》で、まったく口先だけの医者も増えてしまった。最上が医学舎の創設を提案して公儀に作らせた意図も独庵には十分わかっていた。

それが医学舎の現実を見せつけられると、独庵は思わず腕組みして下をむいたまま沈黙せざるをえなくなった。

「藤八、今度来るときは療治数を書いてこい」

「それはお安いご用で、わかりました」

あまりに軽々しい返事に、独庵の持つ医者の理想像が、もはや古くなってきてしまったのかとさえ思い始めた。

3

藤八が帰って門を閉じ、暮れ六つ（六時）を過ぎたころだった。潜戸を叩く音がした。

すずが出ていくと、黒羽織に赤い腹切り帯を締めた男が立っていた。

「私、石黒屋《いしぐろや》の主人、稲場藤左衛門《いなばとうざえもん》と申します。独庵先生にお目にかかりたく参りました。今日、おじゃまいたしました藤八の父でございます」

すずは藤八が誰だったか思い出せずにいたが、藤左衛門の口調から、すぐに藤八の顔が思い浮かんだ。

「そうでございましたか、ささっ、どうぞ中へ入りください」

玄関まで案内して、上がり框《かまち》に座らせると、独庵を呼びに行く。

このところ雪が降り続き、独庵はしばらく外に出ておらず、控え室で書物を読むことが多かった。

障子越しに声をかけた。

「先生、昼間見えた藤八さんのお父様《とう》がいらっしゃいました」

「なんと……」

独庵の呟《つぶや》くような声がした。

障子が開いて、独庵が出てきた。

「父親だと」

独庵は思わず頭を掻き、大きく溜息をついた。しょうがないという顔をして玄関へ行った。

藤八の父親を待合室に上げて、座らせた。

「まことにお忙しいところ、急な訪《おとな》いで申し訳ございません。昼、おじゃました藤八の父親の稲場藤左衛門でございます」

「こんな夜分にまことにご苦労様です」

皮肉交じりに独庵が言った。

「藤八がご迷惑をおかけしたことと思います。その謝罪の気持ちといいますか、これからもお世話になると思いまして、どうぞこれを……」

家紋の入った風呂敷包みを取り出し、独庵に差し出した。独庵は表情を変えることもなく、

「稲場さんとやら、おやめください。父親としてのお気持ちは御察しいたします。しかし、そのようなものを受け取る私ではないことは先刻ご存じかと思いますが……」

「もちろんでございます。独庵先生がそういう方でないことはよくわかっております。誤解されては困ります。これは米で作った菓子でございます」

商売をしていれば、こういったやりとりは慣れているのであろうし、相手が拒んでもどう渡せばいいのか熟知しているはずだ。

「菓子にしては少々重いな」

「はい、上質の餡《あん》が惜しげもなく使われており、大層美味と評判でして……」

独庵に受け取る気はまったくなかった。

「失礼があるといけないので、私が中身をお見せいたします」

藤左衛門はそういうと、風呂敷包みをほどいて、菓子折を取り出し、蓋をあけて、中から菓子を取り出した。

「なるほど、たしかに菓子だな」

「先生のご疑念、十分にわかります。私も長年商売をやっておりますし、そのあたりはご心配なく、ただのご挨拶でございますので」

藤左衛門は蓋を閉じて、独庵に差し出した。

「受け取らないのも失礼であるから、ここはいただいておこう」

独庵はしかたなく包みを受け取った。

「藤八もいい医者になりたいと、がんばっております。ぜひとも先生のお力添えでなんとかよろしくお願いいたします」

曖昧な言い方が、いかにも商人らしいとも思ったが、

「医学舎でしっかり医学を学んでいただく、私にはそれしかお手伝いはできないのです」

独庵は儀礼的な返事をしておいた。

藤左衛門は頭を床に擦《こす》り付けるようにして、

「それでは私はこれで失礼いたします。先生の大事な時をお邪魔しては申し訳ない」

と言い、帰って行った。

すずが菓子折を持ち上げようとすると、箱の下にもう一段薄い箱があった。その蓋を開けると中から封がされた包みが出てきた。

「先生、こんなものが出てきました」

すずが驚きながら、独庵に包みを差し出した。独庵がそれを開けると、小判が二十枚出てきた。

「なんと」

そう言ったまま、独庵は天井を眺めた。

あの年になっても親が出てきて、吟味に手心を加えて欲しいというのか。誰でも医者になれるというのは、やはりおかしいのかもしれない。これはきちんと吟味せずばなるまいと自分に言いきかせながら控え室にもどった。

少し、疲れが出てぼんやりしていると、

「先生、奥様がお見えです」

すずの声がした。

突然の「奥様」という言葉で、目が覚めた。

障子がすーっと動くと、独庵の妻のお菊《きく》が立っていた。

「どうしたんだ。こんな刻限に」

独庵はつい言葉が滑った。

「どうしたではありません。昼となく夜となく、夫の様子を心配するのが妻でございます」

つかつかと独庵の控え室に入ってくると、膝を折り、正座した。

お菊は独庵の二度目の妻で、普段は一人息子の清太郎《せいたろう》と品川の仙台《せんだい》藩下屋敷に住んでいる。ときどきこうして、診療所に顔を出すのだ。

持ってきた包みを広げて、いつもの握り飯を机の上に置いた。そこにもうひとつ小さめの包みも添えるように出した。

「それはなんだ」

独庵が不思議そうに言った。

「あかの分です」

あまり表情を変えないお菊が、笑顔で言った。

「それはまた珍しいな。どういうわけだ」

「以前、あかが私が持参した包みをくわえて、隣の諏訪《すわ》神社へ走って行ったのです」

「そんなことがあったのか」

「あかを追いかけて、神社に行くと、子犬に乳をやっている親犬がいて、あかが焼き魚をあげていたのです」

「そんな話は知らないぞ」

「すずさんは、そんな話をしてもあなたが興味を示さないことを知っているから、言わないだけです」

独庵は、お菊があかのために握り飯を作ってきたことに驚いていた。

「興味がないこともないが、まあいい、あかにやっておく。ところで、清太郎の顔もしばらく拝んでいない。たまには下屋敷に飯でも食いに行くかな」

「まあ、ずいぶんお珍しいことをおっしゃるではありませんか。私と食事をしたいなど、どこか体の具合でも悪いのですか」

お菊が独庵の顔をじっと見据えて言った。お菊に自分の心を見透かされたかのような気がした。

「いや、いま医学舎から医者の卵の吟味を頼まれてな。その連中がまあ、なんというか、しょうがないから医者にでもなろうかという奴らばかりなのだ」

「そんなお仕事を引き受けるからよろしくないのでは」

「そうなのだが、医学舎の最上殿の依頼ではそうそう断れない」

「あら、あなた様でも断れないことがおありですの」

相変わらずお菊の言葉はきつい。お菊に愚痴を言ったところで、無駄だったといまさらながら気がついた。

「さすがに疲れてな」

「たまには、本音を吐き出さないといけませぬ。世間体ばかり気になさっていると、息が詰まります。ただ、明日は都合が悪うございます。近いうちにお願いします」

「そうか、残念だな」

独庵は本当に残念な気がしていたのが自分でも不思議だった。

「それでは、また参ります。失礼します」

すっくと立ち上がり、お菊はくるりと向きを変えると、出て行こうとした。

独庵はその背中に、

「あかにまですまなかったな。握り飯」

お菊は前を向いたまま、頷くように頭を少し下げた。

お菊が帰ったあと、独庵は、置いていった握り飯を食べ始めた。焼き魚が添えてあり、なかなかうまいと思った。そういえば、お菊が持ってきた握り飯を食べるのは初めてだった。

「あか、ほれ、お前も食べろ」

そばで寝ていた、あかを起こして、握り飯を置くと、あかは鼻先で握り飯をつついていたが、あっという間に二個食べてしまった。

「そんなに、うまかったか」

独庵があかに言うと、あかはぺろぺろと長い舌で口の周りを何度もなめた。

4

翌朝、まだ独庵は褞袍《どてら》を着て寝ている。あかも褞袍の中に潜り込んで、いびきをかいている。

雪はやんで、陽《ひ》ざしが雪を溶かし始めていた。

ドンドンと潜戸を叩く鈍い音がした。朝餉《あさげ》の用意をしていたすずは、また医者の卵がやってきたのだろうと思った。

「どうして、みな、お医者さんは、こんなに朝早くから来るのかしら」

すずが文句を言いながら、潜戸まで走って行く。

潜戸を開けると、すずの顔を見るなり、男が急にしゃべり出した。

「私、医学舎の加兵衛《かへえ》という者でございます。本日は独庵先生にお目通りをお許し願いたく参りました」

朝から毎度同じ台詞《せりふ》を聞くのにすずは辟易《へきえき》していた。

それにみな判をついたような同じ所作だったので、誰かに教えられて、そう振る舞っているのだろうと思った。

まだ独庵も寝ているので、待合室に待たせておくことにした。

加兵衛は待合室の火鉢の前に座った。炭を入れていないので、温かくない。

それでもそこに手をかざす。

「申し訳ございません。いま火をおこしますので」

すずが困ったという顔をした。

「いいえ、お構いなく。私、秋田で育っておりますので、これしきの寒さ、まったくどうということはありません。ごゆるりとお仕事をなさってください」

そういいながら、男が火箸で五徳《ごとく》をいじっている。

「これは、ここがよじれております。直してみましょう」

「そんなことをしていただいては申し訳ございません」

すずが止めるが、加兵衛は持ってきた包みから小さい金槌《かなづち》のようなものを取り出すと、五徳を床に置いてカンカンと叩き出した。

その音が診療所全体に響き渡った。すずが呆れて見ていると、独庵が顔を両手でこすりながら、起きてきた。

「何をしている」

独庵は加兵衛を見た。

「はっ」

加兵衛は独庵を見ると、あわてて正座しなおすと、頭をさげた。

「私、加兵衛と申しまして、医学舎の者でございます。独庵先生に吟味を受けてこいと言われてやって参りました」

ずっと頭を下げたままだ。

「もういい、頭を上げてくれ。武家ではないし、ここは医者の家だ。それに、まだ朝早いぞ、そんな音を立てれば、周りの家にも聞こえて迷惑だとは思わないのか」

「はっ、申し訳ございません。私、鍛冶屋の次男でございまして。多少なりとも鍛冶の心得があります。曲がっている五徳を直すことができないかと思いまして……」

「臨機応変、という言葉を知っているか」

「はい」

「それでは、こんなに早朝、鍛治屋の真似事《まねごと》はまずいだろう」

「おっしゃる通りでございます」

独庵はもういちど目をこすり、

「まだ朝が早い、私はもうしばらく寝るから待っておれ」

面倒くさそうに言った。

「もちろん、おっしゃる通りにいたします。早朝からお騒がせしました」

独庵は頭を掻きながら、控え室に戻って行った。

「先生を起こしてしまったから、ご機嫌が悪いですよ」

すずが言う。

控え室に行ったはずの、独庵が戻ってきて、

「これを書いてこい。今日は帰っていいぞ」

そう言うなり、さっさと背を向ける。

独庵が持ってきた書面には、「療治数を書いてくること」と一行書いてあるだけだ

った。加兵衛はぽかんとした顔で見ている。

「それは先生がみなさんにお渡しししています」

「そうか、そういうことか」

独り言のように言う。

「それでは出直して参ります」

「この次、いらっしゃる時は、もう少し遅いほうがよろしいかと思います」

すずが付け加えるように言った。

「はっ。承知しました」

それだけ言うと、加兵衛はさっと立ち上がり、

「まだ五徳が直っておりませんが、また来たときになんとかいたします」

「大丈夫ですよ」

すずが答えるが、その言葉を聞いたかどうかわからないほど、足早に加兵衛は帰って行った。すずは小首を傾《かし》げるように、

「変な人、いつも金槌を持ち歩いているのかしら」

と、つぶやいた。

加兵衛が帰って半刻《はんとき》（一時間）経《た》って、独庵が起きてきた。

「帰ったか」

独庵がすずに訊《き》いた。

「はい、すぐに帰って行きました」

そうかという顔をして、それ以上は何も言わなかった。

すずは独庵の表情から、この吟味に、ほとほと手を焼いているのがよくわかった。

「患者を診るほうがいいな」

ぽつりと独庵は言った。

「朝餉を持って参ります」

すずは笑いながら、厨《くりや》に食膳を取りに行った。


午後になって、沈丁花の花に積もった雪が、ぽたぽたと地面に落ちて、溶け始めていた。門の前で声がした。

「頼もう」

間延びした声だったが、すずはいままでの医者の卵と少し様子が違うと思った。

「はい、どなた様でしょうか」

門に立っていた男は、総髪で、十徳《じっとく》をきている。顎には髭《ひげ》を蓄えていて、まるで独庵を一回り小さくしたような男であった。

「私、医学舎から参りました仁助《じんすけ》というものです」

いままでの中では一番医者らしく見える男だと、すずは思った。

「独庵先生がお待ちですので、どうぞ中へお入りください」

すずの後について、男は診療所の玄関に立った。

独庵は待ち構えるようにして、待合室に座っていた。

「初めまして、独庵先生。お目にかかれて光栄でございます。私、医学舎で学ぶ仁助と申します」

独庵は気骨のありそうな物言いに、安堵《あんど》感を覚えた。

一人ずつ、来させたのは、挨拶の仕方や、仕草、話を聞くまでの立ち居振る舞いが重要だと思ったからだ。しゃべり始めてしまうと、性格がごまかされてしまう。だから、話を聞く前に、ある程度、見抜いておきたかったのだ。

「医学舎のほうの勉強はどうだ」

入って座るように促した。

「はい、ありがとうございます。私、百姓のせがれでございますが、親のようにまめに仕事ができずに、家では寝てばかりおりまして、不精者と言われてきました」

「そうか。それで医者にでもなれと言われたか」

がっかりしながら、独庵は仁助が言う前に言った。

「さようでございます。百姓は誰でもできると思うのかもしれませんが、同じことを丹念に根気よく繰り返せる人でないとできないものです。それが私には無理でした。毎年同じことを繰り返すのは向いておりません」

「医者なら大丈夫と思ったのか」

独庵はにらみつけた。

「医者になれば、日々、何か新しいことでもできるのではないかと思いまして。いま腑分《ふわ》けなどやるようになって、医学も変わってきたと感じています。医者は同じことを繰り返すのではなく、新しい知識や経験が必要です。それが私に向いております」

どうやら仁助はいままで一番やる気のある医者に見えた。

「お前を含め、四人の者が医学舎からやってきた。おおかた、家業には向いていないが、医者ならできると思っているようだ。私は、医者は志が大切と思ってきたが、お前たちのような若い医者は、どうやらそういった考えではないらしい」

「独庵先生のところに来た三人の仲間は、みな家の事情がありますが、それぞれいい医者になりたいという気持ちは変わらないと思っております。だからこそ最上先生は、私たちの吟味を独庵先生にお任せしたのではないでしょうか」

独庵はなかなか気の利いたことを言う男だと感じた。自分が持っていた、いままでの医者の姿とはずいぶん違うが、これが新しい医学の始まりなのではないかと思い始めていた。

「ここに来た医者には、吟味の一環として、療治数を提出してもらうことにしている。お前も、いままでに診た患者をまとめて書いてきてくれ」

「はい、かしこまりました」

「今日はご苦労だったな。また後日連絡をする」

独庵は手応えを感じたので、それ以上の面談はしないことにした。

仁助は深々と頭を下げると、帰って行った。

その様子を窺っていた代脈の市蔵が、

「先生、いまの仁助どのが一番いいように思いますが」

真剣な顔で言った。

「というより、他の三人が悪すぎたな」

独庵は声を出して笑っている。

「お医者さんの世界には、いろんな人がいるんですね」

「その通りだ。一番よくないのは、常に自分が一番と思ってしまうことだ。それだけ世間が狭くなる。世間が狭くなれば、病の診断も狭くなってくる。だからこそ、世間を見渡せる目を持った医者がいいのだ。最上殿からの申し出は厄介なことだと思っていたが、こうして若い医者の卵を見てくると、意外に学ぶところも多い」

「さすがに先生でございます。どんなことでも勉強と考えるのですね」

市蔵は感心したように言った。

5

この時代、医者は資格などいらず、いつでも町医者になることができた。ただ幕府の医者になるには、厳しい競争もあった。

小普請医《こぶしんい》、寄合医師《よりあいいし》などと呼ばれる若手幕医《ばくい》にとって、考査は御番医などに登用されるかどうかの重要な関門だった。

いまで言えば、国立大学医学部の教授になるというようなものかもしれない。御番医になれば江戸城内で常に働ける奥医への可能性が出てくる。

医学舎で学ぶ者でも、幕医は考査の判断材料となる試験が免除されたが、藩医や町人の医者は別途、試験を受ける必要があった。

町医者になって稼ぐだけが目的となれば、肩書きや経歴などいらない。評判さえよければ、それなりの収入を得ることができたが、実際にはそうそう名医と呼ばれるようにはならなかった。


四人の候補者が独庵のところに来てから三日ほどが過ぎたところで、医学舎から使者が来て、それぞれが書いた書類を置いていった。

独庵は、診察室の座り机に陣取り、その書類を読み始めた。

四人目の書類を読み終えたときに、頭を抱えた。

市蔵を呼んで、その書類を読ませた。

「これは、先生」

市蔵が驚いたように言った。

「そうなのだ。まったく呆れた連中だ」

「患者はそれぞれ歳《とし》や男女が違いますが、藤八以外はみな同じ病気ではありませんか」

「そうなのだ。三人でたぶん同じ患者の診療録を交換し合って、数を水増しして書き

ですね」

「あまり患者を多く診ていないのをごまかすために、お互いの患者を融通し合ったん上げたのだろう」

　市蔵はがっかりしたようだった。

「話にならん、藤八以外は落とすしかないな。患者をしっかり診ているとか、そんなこと以前に、医者としての志がなっていない。そもそも私にごまかしの書類など出すのは、私を馬鹿にしているようにしか思えない」

「しかし、どうしてそんな誰にでもわかるような嘘《うそ》の書類を出したのでしょうか」

　市蔵は首をひねった。

「ひょっとすると……。医学舎の考査では非常にいい成績の三人だ。こんな見え透いたことをやるには、他に理由があるのかもしれないな」

　独庵は右手で顎を支えて、座り机に肘をついた。

「久米吉《くめきち》を呼んでくれ」

　独庵は決意したように、市蔵に言った。久米吉は絵師をしているが、その裏では人脈を活かして、江戸市中の様々な噂《うわさ》を聞き出してくる。

　半刻もたたず、久米吉が音もなくやってきて、障子の向こうで声がした。

「お呼びでございましょうか」

「入ってくれ」

久米吉は縞柄《しまがら》の小袖に羽織を着て、黒の襟巻きを首に巻いていた。絵師の仕事の途中だったのだろう。手に絵の具が付いていた。

「話は市蔵から聞いているかもしれないが、医学舎の医者の卵の吟味を頼まれて困っている。石黒屋の主人、稲場藤左衛門のことを調べてくれ。藤左衛門は息子の藤八のために二十両も置いていった。吟味に手心を加えてくれというだけではないように思う。藤八を御番医にしたい他のわけがありそうなのだ」

「はい、わかりました」

久米吉はそれだけ言うと、消えて行った。

独庵は、中庭に出て、素振りを始めた。肌寒い中、はだけた上半身が湯気を上げるまで、木刀を何度も振り下ろした。

そうしている間に考えがまとまったのか、木刀を置くと、

「市蔵、藤八以外の三人を診療所に呼んでくれ」

廊下にいた市蔵に告げた。

6

翌日昼ごろになって、涌田、仁助、加兵衛の三人が医学舎からやってきた。

狭い診察室に三人を入れると、座り机を挟んで独庵がどっかり腰を下ろした。

独庵は三人の顔をそれぞれじっと見てから、話し始めた。

「お前たちが提出した療治数は、いったいなんだ」

三人とも押し黙ったままだった。

しばらくして、五十鈴藩出身の涌田が口を開いた。

「こうなると思っておりました」

「どういうことだ」

「先生ならわかっていただけると信じておりました」

「そうか、私がお前たち三人だけを呼び出させるようしむけるために、こんな面倒なことをしたのか」

「さようでございます」

「しかし、それだけではないな」

涌田は黙って頷いた。

独庵はしばらく考えていた。

「わざわざ最上殿が、私に吟味を頼んできたのは、別な理由《わけ》があるということだな」

三人は最初に来たときとは別人のような振る舞いだった。きちんと正座をして、独庵の言葉に耳を傾けている。

「おっしゃるとおりでございます」

涌田が答えた。

「お前たちは、私を騙《だま》したのだな」

他の二人は表情を変えないが、涌田は、

「騙すなどとんでもない。私たちは、独庵先生がどう判断なさるのか、それを知りたかったのです」

「なにを言う。三人で同じような患者の療治数を出せば、だれでもおかしいとわかるであろう」

「独庵先生は、私たちがやったことの裏をもっと深く読むはずです」

涌田は自信に満ちた言い方をした。この件を最上に警戒されないようにしていたと言うのか。独庵は目の前の三人が存外優秀かもしれないと思った。

「こういった吟味は無用だと言いたいのであろうが、それだけではないのだな。これはおまえたちの最上先生に対するなにかの企てだな」

確かめるように独庵は訊く。

しかし、三人ははっきりした返事をせず、黙っている。

「自分たちが正しいと思うなら、こんなめんどくさいことまでして、なぜ療治数をごまかそうとするのだ。最初から私にそう言えばいいではないか」

独庵は続けた。涌田は説明を始めた。

「いえ、先生の診断する力からすれば、我々の演技は見抜かれるとわかっておりました。しかし、私たちの決意を知ってもらうには、このような振る舞いの裏を見ていただくことが最善の策だと思ったのです」

「私に真実を見ろと言うのか」

「そうです。先生にはぜひ知っていただきたいことがあります」

「なんだ、それは」

「最上先生は自分の権力を強めて江戸の医学を牛耳ろうとしているのです。自分の息のかかった御番医を公儀に送り出すことで、公儀の医者に影響力を持とうとしております」

「そうであれば、最上先生がご自分で選べばいいのではないか。なぜ、それを私にやらせるのだ。私には、そこがわからん」

独庵には最上の真意がつかめない。

「先生はご存じないのです。いかに最上先生が独庵先生を警戒しているか。北町奉行所にも顔が利くこともわかっていますし、流行《はや》り風邪の封じ込めなど、いままで数々の難題を解決してきたことも知っております。最上先生は医学舎が江戸の医学界を牛耳るためには、独庵先生の権威を失墜させておく必要があると感じているのです」

「私がそんなことなどに興味のないことは、最上先生もわかっているであろうに」

「いや、違います。そのようなことに興味がないのがむしろ怖いのです」

「そうか、お前たちは、医学舎の専横を阻止したいのだな」

「その通りでございます。最上先生は独庵先生が吟味した医者が、御番医として公儀に入り込んで、医者としての評価が落ちれば、できの悪い医者を御番医として選んだ独庵先生の権威が失墜すると考えたのです」

「それで」

「医学舎での考査でいい成績を取らないようにすれば、最上先生は我々を無能と見て、独庵先生の吟味にかけるだろうと」

「そこまでお前たちは予測してやっていたのか」

「そうです。そうすれば、独庵先生に不出来な医者である我々の中から一人を選ばせて公儀へ送り込める」

「そんな真似をしていたとは……。ということは、冊子にあった成績は偽りで、最上先生のでっち上げだったのか」

「はい、その通りです。しかし、こんな突拍子もないことをいきなり独庵先生にお話ししても信用されるわけがない。まずは私たちの素行が咎《とが》め立てされる必要があったのです。われわれ三人が呼び立てられれば、その機会を活かして、独庵先生に事情をお伝えできる」

「なかなかの名演技だったな」

独庵は目の前にいる三人が巧みな計画を立て、最上に立ち向かおうとしていることに驚いた。

「お前たちは単に御番医になりたいのではなく、江戸の医学をもっとよくしたいというのだな」

「さようでございます」

押し黙っていた加兵衛が言った。その言葉にはまったく別人のような重みがあった。

独庵は改めて、見上げた連中だと舌を巻いた。

「独庵先生、実はもうひとつお話ししておかねばならないことがあります」

「なんだ」

「私は養生所から出向していた医者なのです」

涌田が言った。

「養生所にいたのか」

「さようでございます」

いままで言うなら医学舎は医学研究所、養生所は病院と言えるかもしれない。どちらも幕府が作ったものだが、その経緯が違っていた。養生所は患者を診る臨床を重視し、医学舎は医学を学問として捉えているようなところがあった。だから医学舎の最上が医学全般を支配したいと思えば、養生所に睨みを利かす必要があった。

「お前は、養生所の今沢肝煎《いまざわきもいり》の差し金か」

独庵が確認するように訊いた。

今沢肝煎は、養生所の所長の立場にあり、最高責任者であった。養生所は奉行所から内密に命を受けていた。

「はい、おっしゃるとおりでございます」

涌田はうれしそうに、続ける。

「養生所の今沢先生が、医学舎に入って内部を調べてこいと言うので、私は五十鈴藩出身の町医者を装って、医学舎に入り込んでおりました」

「養生所も、医学舎が気になっていたのだな」

「さようでございます。医学舎が医の世界を牛耳れば、将来、医者が誰でも自由に開業できるというわけにはいかなくなります。医学舎の考査を受けなければ開業できないようにする腹づもりだとわかってきました」

「それはあながち間違いともいえん。医者の質が落ちているから、ある程度の考査は必要だからな」

涌田は納得できないように首を振った。

「確かにそうなのですが、そうなってくると、医学の進歩に支障が出ます。いろいろな医者がいてこそ、医学が進歩するのです。我々三人はそこで意見が一致して、なんとか最上先生の野望を打ち砕こうと考えて、行動を起こしたのです」

「なるほど。で、お前たちの決意は固いのだな」

独庵は改めて、この三人の考えに念を押した。

「もちろんでございます。最上先生が独庵先生に我々の吟味を頼んだところまでは、狙いどおりでした。かといって、吟味なさるのは独庵先生です。とにかく我々三人の中から選んでいただかなければなりません。ただし、だれが御番医となって公儀に入っても、独庵先生の吟味が間違っていたとなるようなことはいたしません。ご安心ください」

「そうか、私はお前たちを信じておるし、お前たちの優秀さは十分にわかった。もうひとつ聞きたいことがある。藤八はどうなっている」

藤八と聞いて、三人は顔を見合わせている。ずっと黙っていた仁助が、二人を制するように、前に乗り出し、

「藤八は、我々とは関わりがありません。最上先生が選んだのです」

独庵に言った。

「それも何か魂胆があるのだな、きっと」

「私はそう思います」

仁助が頷く。

「まあ、よい。それは私の仕事だからな。お前たちのことは私にまかせておけ。今日は医学舎に戻って、何もなかったように振る舞っておれ」

三人はそろって頭を下げ、帰って行った。

7

独庵は大川の土手を歩いていた。そのあとを、あかがうろうろしながらついて行く。

「先生」

振り返ると、久米吉がいた。

「この寒空に大川を散策とは、お珍しい」

「ここ数日、吟味のことで、ずっと診療所にいたのでな、たまには外に出ないとからだがなまってしまう」

独庵が手ぬぐいを敷いて土手に腰をおろすと、隣にあかが座った。

「まったく難儀な事とお察し申します」

久米吉はそう言いながら、膝を突いてしゃがんだ。

「稲場藤左衛門のことがいろいろわかってきました」

「そうか」

独庵は大川の対岸を眺めながら言った。

「稲葉藤左衛門は石黒屋という大店《おおだな》の主です。日本橋本町《ほんちょう》で始めたときは小さな薬屋でしたが、食傷（食あたり）の薬、和中散《わちゅうさん》で大儲《おおもう》けをして、薬だけでなく、医者の使う道具や和蘭渡りの薬なども扱う大きな薬種屋になっております」

「そうか。であれば、だいぶ読めてくるな」

独庵は思っていた通りというように、あごひげをなでた。

「といいますと」

「賄賂まで持ってきて、私に藤八のことを頼み込んでくるというのは、ただ御番医にしたいだけではなく、藤八を使って、さらに商売を大きくしようと考えたのではないか」

「なるほど、そうかもしれません」

久米吉は大きく頷く。

「近いうち、必ず、動きがあるだろう」

独庵は、藤八とは関係のない涌田たち三人の医者のことを久米吉に話した。

「なんと、そんなことをあの三人が考えていたとは……、すずからいろいろ聞いてはおりましたが、独庵先生を騙すとはたいした連中でございますな」

「しかし、あんなに信念のある若い医者がいるとはな。なんとか彼らの手伝いをしたいと思っている」

すると、久米吉がぶるっと身を震わせた。

「こいつはいけねえ。冷えてまいりました。先生、診療所へもどりましょうか」

陽が傾き、風も出てきた。

「そうだな」

陽当たりがいい大川の土手も、陽が傾けば寒くなる。

二人は立ち上がり、歩き出した。あかもからだをブルブルと振って、二人についていく。

8

藤左衛門から、迎えの駕籠《かご》が来たのは、三人の候補者が帰った二日後だった。

前日に石黒屋から奉公人が来て、藤左衛門の屋敷に来てもらえないかという書状を届けていた。

独庵は二十両を返したいと思っていたので、屋敷まで行くことにした。市蔵も刀袋を抱えて駕籠についた。

藤左衛門の屋敷は、日本橋本町の石黒屋の裏にあった。

昨夜からまた雪が積もり始めて、独庵は駕籠から降りるときに、足元を取られそうになった。

羽織を着直して、店の裏木戸から中に入ると、広い中庭の向こうに玄関があった。案内する奉公人は、軽い足取りで先を歩く。

いくら薬が売れたにしても、それだけでここまで屋敷を大きくできるとは思えず、ほかにもあれこれ手広くやってきたのだろうと想像はついた。

玄関には藤左衛門が待っていた。

「独庵先生、ご無理を言って申し訳ありません。こちらからお伺いすべきでしょうが、お呼び立てしてしてしまいました」

「なかなか立派な屋敷でございますな」

独庵は部屋の中をのぞき込むように入っていく。

「ささ、こちらへ」

藤左衛門が廊下の先へ進み、客間に独庵を通した。

黒柿の床柱のある床の間を背にして、藤左衛門が座り、その前に独庵が座った。

商人とは思えない風格があり、羽織には伊達紋《だてもん》が入っている。

女中が酒を持ってくるが、独庵は、

「私は不調法で酒が飲めないのです」

と断った。

「ほう、それは残念ですな。ではお茶をお持ちしなさい」

女中はいったん引っ込むと、すぐに茶を持って現れた。

「早速ですが、今日、ここにおいで願ったのは、藤八のことでございます」

「まずは、私のほうからこれをお返ししたい」

藤左衛門が話を切り出す前に、独庵は二十両の包みを差し出した。

藤左衛門は笑いながら、

「お気持ちはわかりますが、まま、そこに置いておいてください」

「やはり、そういうことでしたか」

藤左衛門がわざわざ二十両を置いていったのは、ここに来させるためだったのだと気がついた。

「藤八の吟味はどうでございましょうか」

「それはまだ吟味の途中であるから、なんとも言えませんな」

「もちろん、そうでしょう。藤八は商売には向いておらぬ性格でございます。人がいいとでもいいましょうか。しかし、根は真面目な男でございます。ひとつのことを必ずものにできると思っております。医学舎での評価もいいようで、ぜひとも御番医に推していただけないかと思っております」

藤左衛門も海千山千の商人だ。親がこのように出てくれれば、独庵の性格からすれば、かえって拒まれるとわかっているはずだ。なぜそんなことをするのか、独庵は不思議に思った。

「私は、最上先生に、吟味を頼まれたからには、まずきちんとした評価をする所存、その上で、御番医を決めたいと思っております」

「もちろんでございます。独庵先生の目に適《かな》う医者を御番医にすべきでございましょう」

「それがわかっているのであれば、何も私をここに呼び立てることもないではないか」

「ははは、独庵先生、なかなか厳しいお言葉ですな。しかし、そこをなんとか考えていただきたいのです。堅苦しいことばかりでは、世の中はうまく回りません」

藤左衛門は大声で笑いながら、手元にあった別の箱を独庵に差し出し、

「まっ、これをどうぞお納めください」

と言った。

それを見て、独庵の顔が引き締まった。

「はっきり言っておこう」

独庵は座り直した。

「なんでございますかな」

「藤八は、御番医には推さぬ」

藤左衛門の顔から笑顔が消えていく。

「まだ吟味の途中とおっしゃったではないですか」

「迷っておったが、いま腹が決まった。藤八に御番医は無理だ。医学舎で研鑽《けんさん》を積むほうがいい」

「そんな手前勝手な」

藤左衛門の表情が硬くなった。

「その二十両、たしかに返したぞ」

そう言い放つと、独庵は廊下に控えていた市蔵を引き連れ、玄関まで足早に進んだ。

藤左衛門が追ってくるのを無視して門を出た。

後ろから、

「独庵先生、後悔なさいますぞ」

藤左衛門が怒鳴る声が聞こえたが、独庵は委細構わず雪の中を歩き出した。

「藤左衛門は診療に必要な物や薬を一手に引き受けたいという思いで、商才のない藤八を医学舎に送り込んだに違いない。その上、藤八を御番医にして、公儀へも薬種などを売り込もうと思っているのだろう」

独庵は後ろから早足でついてくる市蔵に言った。

「まったくどっちが手前勝手だ。それでは藤八がかわいそうだ」

市蔵が言う。

「藤八は素直な男で、真面目に医者をやりたいと思っているだけだ。親がでしゃばって、かえって行く末を妨げてしまっておる」

独庵は歩きながら話すので、口からは白い息が出ている。

夕暮れで雪明かりが頼りだった。中之橋《なかのはし》を渡り、さらに馬喰町《ばくろちょう》に通じる幽霊橋《ゆうれいばし》に差しかかったときだった。

殺気を感じた市蔵が歩みを止めて、背後を振り返った。

「先生」

と独庵に声をかける。独庵はすでに市蔵から刀を受け取っていた。

独庵の顔を確かめるように見ながら近づいてきた浪人たちは、急に足を速くして、刀を抜くと一気に向かってきた。

独庵は数歩踏み出した。と同時に鯉口《こいぐち》を切り、足元の雪を踏みしめる。

浪人の一人が斬りかかってきた。

上段から振り下ろされた刀は、すばやく抜かれた独庵の刀によって、弾《はじ》き飛ばされた。浪人のからだは傾いたまま、欄干にぶつかりそうになった。そこに独庵の刃が振り下ろされると、額がざっくりと割れた。雪の積もった欄干に凭《もた》せたからだがつるっと滑ったかと思うと、そのまま川に落ちて行った。

橋桁に積もった雪がハラハラと川面《かわも》に落ちて、消えて行く。

残りの浪人たちはそれを見て、血相を変えて、来た方に逃げ出す。

市蔵が追おうとすると、

「よせ、あとは奉行所の北澤《きたざわ》様にまかせればいい」

「あいつらは、藤左衛門から差し向けられた刺客でしょうか」

「そうかもしれんが、もっと根は深いかもしれん」

「では」

「藤左衛門の後ろには最上先生がいるのかもしれん」

「まさかそのような……」

市蔵は驚いた様子だった。

「権勢の味は蜜の味だ。己に逆らうものは、すべてじゃまになってくる。ことここに到れば、最上先生の暴走はなんとしても止めなければならない」

独庵はそう言いながら、足を速めた。市蔵はその姿を見て、独庵はすでに吟味の結論を出したのだと思った。

9

独庵は藤八を診療所に呼んだ。診察室に入った藤八はこわばった顔のまま黙っている。

独庵はしばらく腕組みをしたままだ。

「先生、今日は吟味の結果でございましょうか」

藤八は待ちきれないのか、自分から言い出した。独庵はそれでもじっと沈黙している。

「先生」

急《せ》かすように藤八が言う。

「おまえは不合格だ」

独庵ははっきり言い切った。

「どういうことでしょうか。何がいけなかったのでしょうか」

「医者に必要なものはいくつかある。その中で最も大切なものは、正義を貫く意志、信念だ」

独庵の言葉に藤八は首を傾げている。

「なんのことでしょうか」

「医者になれば、権勢を振るう者も頭を下げてくる。それは恐ろしいことなのだ」

「わかりません。おっしゃることが」

「謙虚になれと言っているのではない。腕がよければ傲慢でも許されるかもしれない。しかし、それは目先の話だ。もっと重要なのは、信念なのだ」

藤八は困惑している。

「自分の中を貫く一本の曲がることのない、頑強な心だ。お前にはそれがあるか」

独庵は目を見開き、藤八を見詰めた。

「確かに私は未熟でございます。しかし、私は患者を思い、治療してきました。患者からも感謝されております。医者として曲がったことをやってきたつもりはございません」

「目の前に金を積まれれば、どんな医者も心が揺らぐ。悪事だとわかっていても金のために正義を貫けなくなるのだ。お前にはまだその誘惑に打ち勝つ胆力がない。医学の知識や経験は普通の医者よりは優れているかもしれない。しかし、その程度ではだめだ。自分を磨くしかない。お前が御番医になることは時期尚早である」

「しかし……」

「もうよい、それだけだ。お前は、このまま医学舎に残れ。お前の医学の知識を活かして、医学舎のために働くのだ」

藤八には、藤左衛門の話はいっさいしなかった。藤八が賄賂の件を知っているかどうかわからないが、藤八には親との縁を切ってでも、医者の道を選ぶ気迫はあると信じたのだ。

藤八はまだ納得がいかない顔をして、診療所を出て行った。


午後には加兵衛がやってきた。

診察室に入った加兵衛の指先が震えている。

「加兵衛、そんなに緊張していては、いい治療ができないぞ」

独庵は笑いながら言った。

「はい」

加兵衛はそれしか言えないようだった。

「あえて不出来を装ったとはいえ、お前の成績は四人の中では一番悪い。しかし、成績だけでは医者の善し悪《あ》しはわからない。最上先生の目論見《もくろみ》を阻止するためなら、だれが御番医になってもいいだろう。そんなに緊張することはないのではないか」

「もちろん、だれが御番医になろうとも、私たちは研鑽をつむつもりです。そうであってもやはり御番医にはなりとうございます」

「残念だな。不合格だ。御番医には推さない」

独庵の言葉に加兵衛は驚き、顔をしかめている。

「どういうことですか。私たち三人がおかしな演技をしたことが気に入らないのでしょうか」

「そんなことはどうでもいい。むしろ私はお前たちの努力を買っている。しかし、吟味は別だ。自分の才能を活かすことが、世に役立つ医者になる道だ。お前は鍛冶職人の息子であろう。手先の器用さを医学に活かすべきだ。本道《ほんどう》（内科）に比べるとまだまだ外科は遅れている。京へ遊学して外科を学んできてはどうだ」

「私は御番医になって……」

　独庵は加兵衛の言葉を遮るように、

「加兵衛、医者は何も出世することだけが道ではない。医学舎にいてはそれが見えなくなる。自分で道を切り開け。京には私が学んだ山脇玄脩《やまわきはるなが》先生の優秀な弟子がたくさんいる。紹介状を書いてやるから、京へ行け」

　独庵の熱い言葉に、次第に加兵衛も落ち着きを見せてきた。

「先生がそこまでおっしゃるなら、私は京へ参ります」

「医学舎の最上先生の企《たくら》みを読み切った、お前たちなら、これからの医学を任せられる」

「ありがたいお言葉です」

「今日はこのまま医学舎へ戻れ。最上先生には私から話をつけておく」

　加兵衛は頭を深く下げて、帰って行った。

10

　夕方になって、独庵はすずに、

「いまから市蔵と『浮《う》き雲《ぐも》』へ行く。もし涌田が診療所にやってきたら、『浮き雲』まで連れてきてくれ」

そう言って診療所から出た。『浮き雲』は診療所から歩いてすぐの、駒形町《こまがたちょう》にある小料理屋だった。

すっかり暮れて、明かりは市蔵が持つ提灯《ちょうちん》だけだ。

「寒いな」

独庵がぽつりと言った。

「こんな寒い日は診療所にいたほうがいいのではないですか」

「いや、たまには外で飯を食わないとな」

独庵は急ぎ足になっていた。目印の大きな松の木を過ぎると、『浮き雲』の看板が見えてきた。

暖簾《のれん》をはらって店内に入っていくと、

「先生、いらっしゃい」

看板娘の小春《こはる》が声をかけてきた。

「寒いな」

そういいながら、板座敷に入っていく。独庵の座る場所は決まっていた。主人の善《ぜん》

六《ろく》が出てきて、

「今日は何にいたしましょう」

手を擦り合わせながら言った。

「何かうまそうなものはあるか」

「うまそうとは、また……。うちの料理はみなうまいけどね」

「そうだな」

「ねぎま鍋にしますかね。いい鮪《まぐろ》があります。それに千住葱《せんじゅねぎ》も入ってきてます。これは煮ると甘くなるんでさあ」

「おお、いいな。からだが温《ぬく》まりそうだ」

「少し、お待ちを」

善六は厨に戻って行った。

火鉢に手を当てながら、しばらく待っていると、善六が鍋を提《さ》げて来た。

「へい、どうぞ」

湯気が狭い板座敷に広がっていく。

「これはうまそうですね」

市蔵が言った。

「よし食べるか」

独庵が箸をつけようとしたとき、

「失礼します。独庵先生はいらっしゃいますか」

入り口で大きな声がすると、すずが涌田を案内してきた。

「こっちだ」

市蔵が返事をした。

「すずさんに案内され、やってまいりましたが、お食事中では申し訳ありません。出直してまいります」

涌田が、そう言って腰を折った。

すずが独庵に会釈して、診療所にもどって行く。

「よい、よい、まあ座れ」

独庵は涌田を目の前に座らせた。

「まずは、食え。葱と鮪がうまいぞ」

勧めておきながら、独庵は先に鍋をつつき始めた。

「はい」

涌田は返事をしたが、さすがに、すぐに箸をつけるわけにもいかず、黙って見ている。

市蔵はすかさず、

「遠慮はいりませんよ。どうぞ、どうぞ」

鍋から葱と鮪を取り出し、小皿に入れて、涌田の前に置いた。

「すみません。いただきます」

寒い中を歩いて冷えたのだろう、戸惑いながらも涌田は食べ始めた。

三人は黙々と食べた。腹が落ち着いたところで、独庵が、

「涌田、残念だが、お前は不合格だ」

と言うと、涌田の箸がピタリと止まった。

「ど、どういうことでしょうか」

「だから、お前は御番医にはなれない。最上先生は、お前を御番医にするのを望んでいたのかもしれないがな。お前は、医学舎に残るべきだ。最上先生の野望を抑える役目をするのだ。医者になりたい者は、誰でも自由に医学舎で学べるように差配するのだ。養生所との連絡役も必要だろう。だからお前が御番医になっては、江戸市中の医学が最上先生の言いなりになりかねない」

「私にそんな力はありません」

「いや、お前はそういう努力ができる人物だ。出世など考えずに、ひたすら江戸の患者のために努力しろ。そこから先はおのずと道が開けるだろう」

「私には御番医になる能力がないというのでしょうか」

「いやいやそうではない。御番医などどうでもいい。おまえたちが最上先生を騙したのはなかなかのものだ。だから、お前は医学舎の中で指導者になったほうがいい」

「他の連中はどうなったのですか」

「まあ、それは医学舎にもどればわかることだ。そもそもお前たち三人にとって、吟味の結果はどうでもいいことであろう。私の仕事はお前たちが医者としてどうしていけばいいのかを見極めることだと、途中からわかってきた。それが医者を志す者たちを救うことになるかもしれん」

「確かに、私たちの目的は、御番医になることではなく、最上先生の野望を打ち砕くことでした」

「そうだ。御番医になっていてはそれができない」

「わかりました」

涌田は独庵の言葉がいちいち身にしみた。

「先生。締めは浅蜊《あさり》飯ですね」

善六が割り込んできた。

「おお、それはいいな」

腹が一杯になったはずの三人は、善六が浅蜊飯を盛り付けたどんぶりを持ってくると、また黙々と食べ始めた。

11

翌日の朝だった。

雪は止んで陽ざしが強くなっていた。

独庵は診療所の中庭で木刀を振っていた。

「先生、仁助さんがいらっしゃいました」

すずが独庵に声をかけた。

「そうか」

独庵は返事をして、木刀を置いた。

「ここへ呼んでくれ」

「中庭でいいのですか」

「そうだ」

すずは小首を傾《かし》げながら、玄関に立っていた仁助を中庭まで案内した。

独庵は上半身を手ぬぐいで拭いていた。

「剣術の稽古でございますか」

「そうだ。お前も少し振ってみろ」

「いいえ、私にはそんな真似はできません。百姓のせがれでございますので」

「いいから、ここに降りて振ってみろ」

「は、はい」

戸惑いながら、仁助は庭に降りて、独庵が渡した木刀を持った。

仁助は上段に構えると振り下ろした。振り下ろした木刀は勢い余って、沓脱石《くつぬぎいし》にあたり、仁助がよろけた。

「振り切らずに、下で止めるのだ」

独庵はそういいながら、木刀を取り上げて、自分で振って見せた。

そのすばやい動きに、仁助は驚いている。

「どうだ、もう一度だ」

仁助は木刀を受け取り、今度は慎重に振り下ろして、ピタリと下段の構えで止めた。

「やはりそうか。お前は吟味合格だ。御番医に推すぞ」

「えっ、どういうことでしょうか。素振りと何か関わりがあるのでしょうか」

「お前は医学舎の考査の成績もまあまあだ。しかし、不精者というのは嘘で、生真面目ですぐに人から技を盗むことができる男だ。医者としての技を習得するのはたやすいだろう。それは非常に重要なことだ。知識は勉強すれば身につくが、人から学ぶ能力は才能なのだ。お前が御番医になって城内でその能力を発揮すれば、一番困るのは、最上先生だ。無能な医者を送り込もうとして、私をおとしめようとしていたのだからな」

「私の責任は重うございますね」

「それは当たり前だ。いま以上に努力せよ。必ず、お前は医者として成功する」

「ありがとうございます」

顔を紅潮させた仁助がなんとか冷静を保って、深々と一礼した。

仁助が帰ったあと、独庵はひとしきり木刀を振った。気持ちが落ち着いたのか、縁側に腰を下ろして、汗を拭き始めた。

「先生、これで最上先生の企みを阻むことができますね」

市蔵はうれしそうに言った。

「それはどうかな。四人の医者たちが、さらに努力せねば、それは叶《かな》わないだろう。しかし、必ずあの四人はやり遂げるように思う。まあ、それは選んだ私の責任ではあるが、あやつらの人柄に期待するしかない。医者として優れているかどうかは、何も考査の成績だけでは決められない。それはこの吟味の結果で最上先生も思い知ることになるだろう。しかし、それにはまだまだ時がかかろうな。公儀の命ではなく、町人や商人の力で医学が変わっていくはずだ」

「藤左衛門の屋敷から帰る途中、襲ってきた浪人どもは、やはり最上先生の仕業だったのでしょうか」

「さあて」

「藤左衛門も最上先生も、うんともすんとも言ってきませんが……」

「市蔵、二人の思惑をあれこれ考えても仕方があるまい。何か仕掛けてきたら、それはその時だ」

独庵はもう一度木刀を持つと、力強く振り始めた。

第二話　葡萄酒（春）

1

大川沿いの桜はつぼみを閉じて、寒風に耐えていた。今年は春が遅いようだった。

独庵の浅草諏訪町の診療所は大川からひとつ道を挟んだ諏訪神社の隣にあった。診療所の木戸は日中開け放たれ、患者は勝手に門を潜《くぐ》って玄関までやってくる。

「独庵先生はおられるか」

玄関先で、訪《おとな》いを入れる大きな声がした。すずが急いで出ていく。

「なんでございましょう」

「私、独庵先生が長崎遊学中、お世話になった佐田利良《さだとしよし》と申す医者でございます。先生にご相談があって参りました」

「まあ、長崎のときのご友人でいらっしゃいますか。先生もお喜びになると思います。お待ちくださいませ」

すずが控え室に独庵を呼びに行こうとすると、独庵はすでに廊下を歩いてきていた。

「先生。お久しぶりでございます」

独庵の姿を見て、佐田がうれしそうに言った。

「佐田先生ではないか」

佐田は総髪で髪を後ろで結んでいた。頬《ほお》はこけ、目の下には隈《くま》があった。疲れているように見える。少しよれた黒羽織を着ていた。

「覚えておいでですか」

佐田の顔から笑みがこぼれた。

「昔より大分細くなったようだが、お前さんの太鼓を叩《たた》いたような太い声は忘れようがない」

独庵は笑顔を見せた。

「独庵先生、お元気そうで何よりでございます」

「どうしたんだ。まあ、上がってくれ」

独庵の診療所には客間がない。佐田を診察室まで案内して、二人は向かい合った。

佐田が持ってきた包みを差し出した。

「これをお納めください。少し珍しい土産を持って参りました」

風呂敷は瓢簞《ひょうたん》ほどの大きさだった。

「ほう、なんであろう」

独庵が包みを開けると、中からギヤマンの瓶が二本出てきた。

「この瓶は葡萄牙《ポルトガル》の物ですが、中身は故郷の甲州で私が作った葡萄酒《ぶどうしゅ》でございます」

佐田は自慢げに言った。

「甲州で葡萄酒とな」

「驚かれるかもしれませんが、すでに甲州で葡萄を発酵させて葡萄酒を作っているのです」

尾張《おわり》藩初代藩主徳川義直《とくがわよしなお》が参勤交代で名古屋に戻る途中、中山道《なかせんどう》の鴻巣《こうのす》に泊まったとき、酒井讃岐守忠勝《さかいさぬきのかみただかつ》から国産葡萄酒を献上されたという記録が見つかっている。

「大店《おおだな》の主人などが葡萄牙の葡萄酒を飲んでいることは聞いているが、甲州で作っているとは初耳だ。さぞ苦労したであろうに」

「葡萄汁に酒を入れたものは昔からあります。しかし、葡萄を発酵させて作ったものは、たぶん日《ひ》の本《もと》では初めてだと思います」

佐田は自慢げに言った。

「しかし、私は不調法だからな、貴重な葡萄酒をいただいても猫に小判だな」

独庵が残念そうに言う。

「もちろん先生が飲めないことは知っております。でも、まあ、香りを嗅いで、一口だけでも味わってみてください」

そう言うと、佐田は葡萄酒の栓を開けた。独庵がすずに茶碗《ちゃわん》を持ってこさせた。

「ま、せっかくであるから、味だけでもみないと悪いな」

独庵はそういいながら、ひとくち口に含んだ。

「どうですか」

佐田が確かめるように訊《き》いてくる。

「確かに葡萄の味がする酒だな」

独庵は葡萄酒の香りを嗅ぎながら茶碗を置いた。

「先生に少しでも飲んでいただければ、それだけで私はうれしい」

「しかし、なぜ葡萄酒などを作っているのだ。医者はどうしたんだ」

「はい、いろいろ事情もありまして、医者はほとんどやっておりません。今は中道屋《なかみちや》という薬種屋を日本橋本町三丁目でやっております」

「なんと薬種屋とな」

「医者だけで生きて行くのも大変でございまして」

佐田は口を濁すような言い方をした。

「確か、眼科が専門だったな。一生懸命勉強していたではないか」

「それは昔の話でございます。薬種屋をやっているので、葡萄酒を薬として売ろうと思っております」

「江戸に医者も増えたので、確かに開業するのはなかなか大変になってきたな」

独庵は佐田の転職のわけを察した。

「先生のおっしゃる通りでございます。で、何か他にできないかといろいろやっているうちに薬種屋を思いつきました。医者の知識も役立ちますので、なんとかやっておる次第です」

「和蘭《オランダ》の医学書には、葡萄酒の効用が書いてあった気がする。せっかくの葡萄酒、ありがたくいただいておく。うちの他の者は飲めるのでな。で、今日はどういうことできたのだ」

佐田はようやく相談ごとを話し始めた。

「私の妻、千代《ちよ》は脚のむくみがひどく、息も苦しいようで、どうやら江戸患《えどわずら》いらしいのです。いろいろな医者に診せたのですが、これ以上治しようがないと言われてしまいまして……」

「道寺《どうじ》先生には診てもらったのか」

独庵が心配そうに言った。

江戸患いは、江戸にやってきた人々が、江戸にいるうちに、脚がむくみ、心不全を起こして死に至る病で、地元に戻ると治ってしまうという不思議な病だ。いまでいう脚気《かっけ》である。

「はい、もちろんです。何度か往診をしてもらいました。しかし、ここまで悪いと治しようがないとおっしゃるのです」

「そうか、それは気の毒だな」

道寺は江戸患いの患者を多く診ていて評判の医者だったが、江戸患いは、治療が遅くなると治りにくくなってしまう。

「先が長くないとはいえ、せめて、今年の桜を見せてやりたいと思いまして」

「まだそれはできるのではないか」

「それが千代は白底翳《しろそこひ》（白内障）で見ることができません。死ぬ前になんとか桜を見せてやりたいのです」

佐田は拝むように手を合わせて言った。

「それはなんとか叶《かな》えてやりたいものだな」

独庵は佐田の気持ちを察した。

「知り合いの眼科医に何度も頼んだのですが、死んでいく患者を治してもしようがないのではないかと言われて、手術をしてくれないのです。独庵先生から白底翳の手術で有名な破風元代《はふげんだい》先生をご紹介願えないかと思いまして、今日ここに参った次第です」

頭を下げながら佐田が言う。

「なるほど、そういうことだったか。確かに破風先生は、白底翳の手術にかけては江戸随一であろうな。だが、破風先生とは面識がないからな」

「そこをなんとか、先生のお力で」

独庵はしばらく考え込んだ。

「おお、そうだ。いい男がいた。奴に頼めばなんとかなるかもしれん」

「本当でございますか。ありがたい。ぜひともご紹介をいただきたい」

佐田はうれしそうに言った。

「わかった。数日、待ってくれ、なんとかしてみよう」

「よろしくお願いいたします。ささっ、もう少し葡萄酒を……」

独庵は苦手な酒だったが、佐田の実直そうな姿に押されて、茶碗に入った葡萄酒をもうひと口飲んだ。

2

独庵は鍛冶町《かじ》一丁目にある鍛冶屋の辰五郎《たつごろう》のもとに来ていた。辰五郎は御公儀お抱えの鍛冶方棟梁《かじかたとうりょう》、高井伊織《たかいいおり》の弟子から技術を学んだ腕のいい鍛冶屋だった。

刀鍛冶だったが、近頃は、医者から腕の器用さを見込まれて医療器具を作っていた。外科をやっている医者、とくに眼科医には精巧な医療器具が欠かせない。中でも辰五郎の鈹針《ひしん》と呼ばれる眼科用の術具は、これがなければ白底翳の手術はできないといわれるほどであった。

辰五郎は胡坐《あぐら》を組んで、座り机の上で小さい匙《さじ》のようなものを、小槌《こづち》で叩いている。

「どうだ。辰五郎、腹の調子はいいか」

独庵が横に座って訊いた。

「へい、おかげでずいぶんよくなりました。あのときは、死ぬかと思いやした」

話をしながらも手先は器用に動いている。

「元気そうでなによりだ。実は、今日は頼み事があって参った」

「また、とんでもねえ物を作れって言うんじゃねえでしょうね」

動きを止めて、鉢巻きに手をやった。となりには弟子が何人かいて、手を休めることなくカンカンと音を立てている。

「いや、今日はまったく別の話だ。お前がよく知っている眼科医の破風先生を紹介して欲しいのだ。お前は破風先生の眼科の道具をたくさん作っているだろう」

「なんだ、医者同士でやりゃあいいことじゃねえですか。あっしのような職人を通さなくたって、独庵先生なら、じかに行って話をすりゃあいいことだろうに。それじゃ、雨降りの鶏《にわつとり》になっちまう」

そう言いながら、本当に首を傾《かし》げてみせた。

「辰五郎、医者というものはな、なかなか気難しい。おれがのこのこ出て行っても、何か他意があるんじゃないかと怪しまれるだけだ。破風先生はお前の器具がなければ手術ができない。お前の頼み事は必ず聞くと思うのだ」

「そうですかい。なんだか回り回ったじれってえ話ですが、わかりやした。独庵先生にそうまで言われちまっちゃあ、断るわけにはいかねえ。俺もかかあも、先生にゃ助けられっぱなしだ」

辰五郎は鉢巻きを締め直した。

「おおそうか、じゃあぜひ、頼む」

「あっしは、今日、破風先生にこの器具を納めに行くので、そのとき話はつけておきまさあ」

「ありがたい。頼んだぞ」

「がってんでさ」

独庵は辰五郎に礼を言って、鍛冶屋を出た。

「先生、破風先生にじかに頼むのはよろしくないんでしょうか」

一緒に来ていた代脈の市蔵が訊いてくる。

「市蔵、相手にものを頼むときは、相手の弱みを握るのだ。そうすれば話は簡単だ」

「辰五郎が破風先生の弱みなんですか」

市蔵は納得がいかない。

「破風先生は、白底翳で江戸いや日の本で知られるほどの医者だ。会ったことのない私が何かを頼んでもすぐには動かないだろう。時がかかってしまう。相手を早く動かすには、やはり弱いところを突くのが得策だ。辰五郎の作る道具は、まさに破風先生の弱みだからな」

「そういうものなんですかね」

市蔵は独庵の人を動かすコツが少しわかったような気がした。


翌日、芝口《しばぐち》一丁目にある破風元代の診療所に独庵は佐田と共に出向いた。もちろん辰五郎の約束を信用していたからだ。

瓦屋根の薬医門《やくいもん》のある診療所だった。

門の横には番所のようなものがあって、中に入っていく人に声をかけている。

「私、浅草諏訪町で医者をやっております独庵と申す者ですが、破風先生にお会いしたく参りました」

「浅草からですか、それはご苦労さまです。独庵先生でございますね、どうぞ中へ」

番人は待っていたような口調だった。辰五郎が話をつけていたことがわかる。すんなり待合室へ通される。佐田もあとに続く。

待っている患者の数がすごい。本道とはずいぶん状況が違っている。こんなに繁盛していては、大名貸をしているという噂《うわさ》は本当のようだ。

「すごい混雑でございますな」

佐田は感心したように言った。

「まったくすさまじい」

待合室の奥の帳場格子の後ろには大きな銭函《ぜにばこ》が置いてあった。二人の奉公人が座っている。

案内した番人は、

「あそこに、大きな笊《ざる》が天井からぶら下がっておりましょう」

と言いながら指さした。

大きな鍋が入りそうなほどの笊が天井から太い紐《ひも》で吊《つ》り下げられている。

「ずいぶん大きなものだな」

独庵があきれたように見上げる。

「あまりに患者が多くて、いちいち銭函に銭を入れている暇《ひま》がないので、笊に銭を放っているのです。先日はあの笊の重みで天井板が落ちて、大騒ぎになりました」

「それほど儲《もう》かっているのか」

「ごらんの通りの患者でございますから」

独庵は破風の診療所の繁盛ぶりに驚かされている。医者というものが金儲けの手段になってしまうのは、しょうがないような気もしていた。独庵のように、あまり多くの患者を診ることのない医者にとって、たくさんの患者を診るというやり方は、これからの医者のあり方かもしれなかった。しかし、これではますます医者が金儲けに走ってしまうのではないかと、心配にもなってきた。

独庵が忙しそうに走り回る奉公人たちを眺めていると、

「ほう、なんと。独庵先生ですな」

確かめるような言い方をしながら男が現れた。初対面だが破風は独庵の風格でわかったようだ。

顔は笑っているが、どこか見下している様子が伝わってくる。でっぷりした腹で、十徳《じっとく》に剃髪《ていはつ》した頭がのっている。それほど首が短い。まるで蝦蟇《がま》である。からだを絶えずゆさゆさ揺らしている。これが有名な破風とは信じられなかった。

医者というのは年を経るにつけ次第に風格というものが出てくるものだが、それが一切感じられなかった。繁盛している悪商人《わるあきんど》といったほうがいいかもしれない。

「お忙しいところ、申し訳ない。こちらは佐田利良先生でございます」

佐田が頭を下げるが、破風は独庵の顔しか見ていない。

「いやいや、江戸で有名な独庵先生にいらしていただけるとは、まことにもってもったいない話ですな。ささっ、こちらに」

患者が待合室でごった返しているのを横目に、二人は客間に案内された。

「辰五郎から、先生のことを聞き、驚いております。何かよほどのことでございますかな」

相変わらずからだをゆさゆさと揺すり、口調は丁寧だが、威圧的な態度は変わらない。破風は独庵の訪いが今ひとつ腑《ふ》に落ちないのだろう。

「実はこちらにいるのは私が長崎に遊学したときの友人で、医者でございます。佐田先生の奥様が白底翳で難渋していまして、破風先生にぜひ手術をしてもらえないかという相談です」

佐田は深く頭を下げて、

「まことに突然のお話で申し訳ありませんが、私の妻、千代はもう先があまりないのです」

「どういうことですかな」

破風が確かめるように訊く。

「千代は江戸患いでございまして、病が進んでもう治らないと言われております」

「そうですか、それは大変ですな。しかし、手術は私でなくて、他の医者でもいいのではありませんか」

破風は表情を変えずに言う。

「私が相談した眼科医たちは、そんな先のない患者を手術してもしょうがないというのです」

破風は少し考え込んで、

「私もそう思う。死ぬ間際の手術など無駄ではないか」

短い首を横に振って、蝦蟇は鳴くような低い声で言った。

「そうおっしゃらずに、私は千代になんとか今年の桜を見せたいのです」

破風は考え込んでいる。独庵が助け舟を出す。

「先生、佐田先生の気持ちを汲《く》んでやってください。ぜひとも先生に治療をお願いしたい。この人は女房思いの実直な男でございます。どうしても破風先生に診ていただきたいと申すもので、私が以前面倒をみた鍛冶屋の辰五郎を思い出して、辰五郎に頼んだというわけです」

「辰五郎を使うとは、さすがに独庵先生、抜かりありませんな」

「いやいや、お忙しい先生に、面識のない私が頼んでもなかなか会ってもらえるはずがないと思いまして、ずる賢いことをしてしまいました」

「痛いところを突いてくると、むしろ感心しておりました」

「先生、ぜひ、手術をお願いしたい」

独庵が頭を下げようとすると、

「独庵先生がそれほどまでおっしゃるなら、わかりました、なんとか手術をしてみましょう」

そうしている間にも、看病中間《ちゅうげん》（看護師）らしい男が、耳打ちしていく。そのたびに破風は大きく頷《うなず》いたかと思うと、手で払いのけるような所作をしている。

「本当にありがとうございます」

佐田は頭を下げる。

「お礼の申しようもありません」

独庵も言い添えるが、破風は、わずらわしそうに言う。

「では、これで。わしは診察室に戻る。詳しい日取りは、中間から伝えるので、その日に来てくれれば大丈夫だ」

佐田は恐縮の至りとでもいうようにもう一度頭を下げる。

破風は「よし」と声を出して立ち上がり、ゆっさゆっさと出ていってしまう。

「なんとも忙しい医者だな」

独庵が佐田にぼそっと言う。

「まったくでございます。しかし、手術をしてもらえるのは、ありがたいことです。独庵先生、本当にありがとうございます」

「まあ、それにしても医者もいろいろいるものだ」

独庵は苦笑いをして、ゆっくり立ち上がった。

「さて、浅草に戻るか」

「私は、手術の予定日など聞いて参りますので、先生は先にお戻りください」

「そうだな。あとはよろしくやってくれ」

独庵は帰路についた。

3

白内障（白底翳）の手術は昔から行われてきた。江戸時代は穿瞳術《せんどうじゅつ》という、濁った水晶体を目の中に落としてしまう手術をやっていた。それだけに眼科医の手技《しゅぎ》のうまさが必要になった。

千代の白底翳の手術は無事に終わった。

佐田は千代を連れて、破風に礼を言いに来ていた。

「破風先生のおかげで、千代の目はよくなりました」

佐田はうれしそうに言った。

「よかったな。桜でも見に行くがいい」

破風にしてみれば、他の患者と変わりないのだろう。体裁のいいことを言っただけのようだった。

「ありがとうございました」

千代も頭を下げている。しかし、無事に手術が終わったのに、どこか元気がなかった。江戸患いのせいだけには見えない。

それを察したのか、破風が言葉をかけた。

「千代殿、どうでございますかな、目の具合は」

「はい、桜の花びらが一枚一枚よく見えるようになって、目の前の霧がすっかり晴れたような気がいたします」

「そうか、そうか。それはよかった」

破風は大げさにからだを揺らし、笑っている。これも演技なのだろうかと、なんとはなしに佐田は思った。

もうかる医者は傲慢であっても、患者には共感しているように見える。それこそが、患者が多く集まるコツとわかっているのだろう。

「また御礼のほうは、日を改めてまいりますので」

佐田が言う。

「そんなことはよい。夫婦でうまくやってくれ」

破風はそう言うと、巨体をゆっくり動かし、部屋から出て行った。

「腕のいい先生なんでしょうが、どこか変わっておりますね。破風先生の姿がはっきり見えたときはびっくりいたしました」

千代はようやく笑顔で佐田の顔を見た。

「そうだろう。目の前に蝦蟇がいたのだからな。ははは」

「あなた、それはひどうございます。これほど目をよくしていただいたのですから」

「それはそうだが……」

佐田は奥歯に何か挟まったような言い方をした。

「せっかくだから、いまから大川の桜を見に行こうではないか」

佐田は千代を元気づけたかった。

「いまからですか」

「そうだ。私はお前に桜を見せたくて、この手術をしてもらったのだから」

千代はためらいを見せたが、

「そうおっしゃるなら、参りましょう」

返事はしたが、千代の言葉にはどこか元気がない。

芝口一丁目から大川までは、千代には遠すぎた。佐田は辻駕籠《つじかご》を頼み、二人は大川に向かった。

隅田堤《すみだづつみ》は満開の桜だった。人出も多かった。佐田はようやく千代に桜を見せることができると思った。

駕籠から降りて、千代をなんとか土手の上までひっぱりあげて、座らせた。

「どうだ、満開だぞ」

「綺麗《きれい》ですね。まさか桜が見られるとは思ってもおりませんでした」

「よかったな。本当によかった」

「ありがとうございます。あなたのお力でこんなに綺麗な桜が見られるとは」

千代は涙を拭いた。

「そんな真似《まね》はやめてくれ」

千代はうれしそうにはしているが、どこか寂しそうにも見えて、佐田は不思議に思った。

「どうした、うれしくないのか」

「そんなことはございません。あなた様のおかげです」

それでも佐田には、千代が無理にうれしそうにしているように見えた。

自分が想像していた千代の姿とは違っていた。満開の桜の下、佐田はまだどこか納得がいかない。

佐田は千代の目が治ったのはいいが、江戸患いの治療はこれからだと自分に言いきかせた。

4

桜は儚《はかな》く散っていく。桜の花びらは花筏《はないかだ》となって大川の水面《みなも》を一時覆うが、風が吹くたびに、広がって散らばっていく。

佐田は独庵の診療所に来ていた。

「おかげさまで、千代に桜を見せることができました」

「それはよかったではないか」

独庵も喜んでいる。

「それが確かに千代は喜んではいたのですが、どこか真底うれしそうではなかったのです」

佐田は千代が心から喜んだ顔ではないと思っていた。

「ほう、そうか。江戸患いのほうが辛《つら》いからではないか」

「それがこのところ、江戸患いは少しいいのです。息もそれほど苦しくないようです。いまひとつ私には千代の気持ちがよくわからないで、困っております」

「なるほどな」

独庵は腕組みをして頷いている。

「どうお考えですか」

「千代殿は、お前に医者として、身を立てて欲しいと思っているのではないか」

「そうかもしれません」

佐田は苦笑いをした。

「どうした。何かあったのか。長崎にいたときに比べると、ずいぶん覇気がないように見えるぞ」

　先日、佐田と久しぶりにあったときよりさらに元気がない。

「独庵先生にかかっては、心も見透かされてしまいますな。実はお話ししておいたほうがいいことがあります」

「どうした。なんだ」

　佐田は座り直した。

「昔、破風先生は大坂で三井元春《みついもとはる》先生や高田国光《たかだくにみつ》先生につき、医学の勉強をしていました。実は私も同じところで勉強していたのです。多くの若い医者がいたので、もちろん破風先生は私の顔など覚えていないと思います」

「同じ先生についていたのか」

「そうなのです。その時から破風先生は優秀で目立っておりました」

「お前だって、努力すればいくらでも優れた医者になれるであろう」

　独庵は佐田の考え方が気に入らなかった。

「もちろん、私も懸命に勉強いたしました。しかし、医者も時には運が大きく左右するように思うのです。生き方を変えるようなひとつの出来事が、私と破風先生の差になってしまいました」

　佐田は深刻な顔をして言う。

「何かあったのか」

「はい。それは、私も破風先生もまだ眼科医として駆け出しのころでした。私もそのときはまだ眼科医を目指しておりましたので、眼科の手術にはかなり自信を持っておりました。あるとき、破風先生は藩主の娘の白底翳の手術に成功します。そのことが江戸に伝わり破風先生は御公儀に呼ばれ、ますます名声が高まったのです。同じような時期に、私は二木屋《にきや》という大店の娘の白底翳の手術をしたのですが、うまく行かず、結局、目はよくならなかったのです。その違いが私と破風先生の医者としての生き方を決めてしまいました」

独庵は黙って聞いていたが、首を振って納得がいかないという顔をした。

「医者に失敗は付きものであろう。そういう失敗を繰り返しながら、技を磨くしかない。一度の失敗で終わりというなら、医者はいつまで経《た》っても進歩などしない。あの世に送られた患者が名医を育てるのさ」

独庵が珍しく皮肉な物言いをした。

「私もそれはわかっております。しかし、一度の失敗と一度の成功がこれほどその後の人生を決めてしまうのかと思うと残念でなりません」

「そうではあるまい。その後のお前さんの努力が足りなかったとは思わないのか」

独庵は佐田の生き方を情けなく思った。

「それはもちろん、私の努力も足りなかったとは思いますが、破風先生には運のよさのようなものを感じます。それに今のあの繁盛ぶりには驚愕《きょうがく》を覚えます。これほど差がついてしまうものかと」

「いまさら、そんなことを言ってもしょうがあるまい」

「いいえ、私はどうしてもそのところが納得がいかないのです」

「それはお前さんの嫉妬ではないか。単に人の成功を自分の惨めさと比較しているだけだ。ばかばかしい、佐田先生、いや、お前さんはそんな男なのか」

独庵は次第に怒りを覚えていた。

「もちろん、先生のおっしゃることは重々わかっております。ただいまの自分の生活を考えると納得が……」

「もういい」

独庵は話を遮って、出て行ってくれというように、障子を開けた。

「先生、どうぞお許しください。愚痴ばかりこぼしてしまいまして」

「まだお前さんの医者としての生き方が終わったわけではないぞ。しっかりしろ」

「はい、わかっております」

そう言って、佐田は立ち上がり、部屋を出て行った。

　廊下でいつものようにすずは立ち聞きしていたのであろう、すぐに部屋に入ってきた。

「先生、佐田先生はどうしてあんなふうにしか考えられないのでしょうか。せっかくお医者さんになったのですから、もっと自分のやり方があるように思います」

「ほう、なかなかいいことを言うではないか」

　独庵が感心してみせた。

「だって、人のことばかり気にしてないで、一生懸命に葡萄酒を作ればいいんです。佐田先生だって別な道があるように思います」

「すず、お前は人を見極めるようになったな。たいしたもんだ」

「当たり前です、毎日のようにいろいろな患者さんが来ますから、人がどういうものか、わかるようになります」

　独庵は大きく頷いている。

「あそこまで考えが偏屈になると、心配になってくるな。破風に手術を頼んだのは別の思惑があるのかもしれん」

「どういうことですか」

すずは首を傾げた。

「まあ、いい。腹が減った」

「はい、昼食はできております」

「おうそれはいい」

独庵は一息つくと、庭に目をやって心を落ち着かせようとした。


食事のあと、独庵は久米吉を呼んで、佐田利良とのなれそめを語って聞かせた。

「佐田という男がやっている中道屋という薬種屋が日本橋本町三丁目にある。しばらく佐田の動きを探ってくれ」

「わかりました」

久米吉は片膝をついて、頭を下げ、音もなく消えて行った。

独庵は佐田が何かしでかすのではないかと心配になっていたのだ。独庵は己れの勘に忠実だった。

5

佐田は千代と中道屋の奥で、夕飯を食べていた。

佐田は治療を頼まれれば診る程度で、薬種屋として薬を売っていることが多かった。葡萄ができる季節になると、実家のある甲州まで行き、葡萄酒作りに励んでいた。だから医者というのは片手間の仕事であって、普段は薬種屋だった。

「あなた、もうお医者はやらないんですか」

千代が訊いた。

「破風のあの稼ぎようをみていると、なんだかばかばかしくて、真面目にこつこつと医者などやっていられない」

「そんな。あなただってもっと頑張れば、患者さんも大勢集まってきますよ」

「いいんだ。もうおれは百姓と薬種屋をやっていくんだ」

「本当にそれでいいんですか」

千代は佐田の気持ちが本心でないと知っていた。

「ああ、もういい。それ以上言うな。ちょっと出かけてくる」

佐田はいらだったのか、頭をかきむしって立ち上がり、店から外に飛び出した。

佐田はその足で、煮売り酒屋に向かった。いつも通っている『車屋《くるまや》』という店で、そこは素性の知れない怪しい連中が集まってくる場所だった。

佐田が『車屋』に入って行くと、

「おっ、佐田先生。待ってました」

鉢巻きに前掛けの細身の男が声をかけた。

「なんだ、源八《げんぱち》、もういたのか。奥へ行くぞ」

「へいへい」

そう言いながら、源八は佐田のあとをついていく。板座敷に上がると、顔をくっつけるようにして源八が、

「先生、どうも噂《うわさ》は本当のようですぜ」

にんまりして言った。

「ほんとうか」

佐田は大きく頷いた。

「酒でいいですか」

女将《おかみ》が割り込んでくる。

「ああ、二本つけてくれ」

佐田が言った。

「ありがてえ」

源八がしめた、といった顔をした。

女将が酒を持ってくると、佐田が茶碗に酒をついだ。

「まあ、飲んでくれ、それでどうなんだ」

源八は茶碗の酒を一気に飲み干すと、

「油樽《あぶらだる》の噂は本当でさあ。破風先生は儲かり過ぎて、金をしまっておくところがなくなっちまったらしい。屋敷の看病中間から聞いたからほんとの話だ。それで、菜種油が入っていた油樽に金を入れてしまっているらしいんでさあ」

「なんで、酒樽じゃないんだ」

「そこがおもしれえところでね。油樽は四斗樽《しとだる》で、普通の酒樽よりでかいんでさ。それくらい金が余っているってことで。それからしても本当の話のようじゃあねえですか」

源八は周囲を見ながら言った。

「そうだな。油が染みこんだ樽なら水にも強かろう。その樽がどこにあるかわかればしめたものだがな」

「そこなんだ、先生。金が入った油樽をどうも、どっかの河岸に沈めているようなんでさあ」

「どこだかわかるのか」

佐田がぐっと身を乗り出して言った。

「へへ、それがわかれば、とっくにあっしがいただいてまさあ」

「それもそうだな」

佐田は油樽に金を隠しているというのが、どうやら本当のことだと確信できた。

「先生、そんなことを聞いてどうするんでさあ」

「別に、どうにもしないさ」

佐田は笑ってみせた。源八は佐田の思いなど興味がないように酒を飲んでいた。

6

桜はすっかり葉桜となって、風にゆっくりそよいでいるが、佐田の気持ちはどこか落ち着かなかった。

佐田は破風元代の診療所に向かっていた。あの油樽の金をなんとかして自分のものにする算段を考えていたのだ。

だれがなんと言おうと、なりたい者になれなかった自分の惨めな生活に区切りをつけるには、まとまった金が必要だった。それには、樽の金を手に入れ、破風に一泡吹かせるのが一石二鳥だ。

診療所には相変わらず大勢の患者が待っていた。破風は町人の診療は、配下の医者に任せて、自分は大名や大店の主人しか診ないようにしていた。

番人が、看病中間に佐田の訪いを告げると、看病中間は奥に走って行き、しばらくして、破風がゆさゆさとからだを揺らしながら歩いてきた。

「今日はどうなさった。奥様はどうかな」

作り笑顔で言う。

「おかげさまで、よく見えるようになって、なんとか桜を見せてやることができました」

「ほう、それはよかったな」

「今日は、先生に非常に面白い、お役に立つ話を持ってまいりました。私の御礼《おれい》の気持ちを込めてお話ししたいと思います」

破風は佐田の話が内密なものだと感じて、

「では、あちらの客間へ参ろう」

廊下を歩いて、奥の部屋へ連れて行く。

二人は向き合って座った。

床の間には、柳沢淇園《やなぎさわきえん》の花の絵がかかっている。この客間にはふさわしくない派手な絵だった。

「なかなかいい絵でございますな」

佐田が褒めるが、

「で、話はなんだ」

破風は無視して、すぐに訊いてきた。

「いま眼科の医者が欲しいのは、散瞳薬ではございませんか」

佐田は眼科を学んでいたこともあり、白底翳の手術には欠かせない薬を言ってみた。

「ほう、よく知っておるな」

「先生、私をご存じないと思いますが、私は先生と同じ時期に三井元春先生のもとで眼科を学んでおりました」

「なんと、そうであったか。佐田さんは眼科医であったのか」

破風は驚いたようだった。

「このごろは頼まれれば診る程度でございます。ただ、いろいろな話は耳に入ってきます。和蘭の薬で散瞳できるものがあると聞いております」

「よく知っておるな。ベラドンナという薬でな、高価な上、なかなか十分な量が入ってこないのだ」

「先生はハシリドコロという草をご存じですか。この草を触ったあと、目をこすると、瞳孔が開き、まぶしくてしかたがないのです。私は甲州生まれで、子供のころ、ハシリドコロを使って遊んだ覚えがあります」

「なんと」

破風の態度が急に真剣になった。

「ハシリドコロは根茎と根に強い毒がありますが、適切な量を使うと、瞳孔が開くのです」

「それは甲州ではよく知られたことなのか」

「いや、こういうことは私くらいしか知らないと思います。薬種屋をやるようになり、いろいろ調べていくうちに、これが薬草として使えるのではないかと思うようになったのです。瞳孔を開かせる必要があるのは、眼科医くらいでしょうから、なかなか世間の耳目をひくことはありません」

「それはなんとも貴重なものではないか、和蘭から手に入れた僅かなベラドンナが底をつきそうなのだ。なんとしてもその薬草が欲しい」

破風の目の色が変わり、真剣な顔付きになっている。

「そうでございますか。ただハシリドコロは、集めてくるのがなかなか大変でございまして……」

「金はいくらでも出すから、ぜひ集めてくれ。いくらだ、いくらならいい」

破風はすっかりその気になっている様子だ。

「いろいろ人を使いますし、五十両でいかがでございますか。一斤《いっきん》ほどあれば、たぶん百人くらいには使えると思います」

「そうかそうか、五十両か。よし、払うから集めてくれ」

破風にしてみれば五十両など端金《はしたがね》なのだろう。まったく動じることもなく、金を払う気でいる。

「わかりました。早速手配します」

「なるべく早く頼むぞ」

破風は急《せ》かすように言って、客間を出ていった。

数日後、佐田は手始めにと言って、ハシリドコロの根を潰《つぶ》して乾燥させ、粉にしたものを持って、破風の診療所を訪れた。

破風は思っていたより、早く佐田がハシリドコロを持って来たので喜んでいる。

「先生、これは量を間違えますと、毒になります。少量から使って試したほうがいいかと思います」

「そんなことはわかっておる。ベラドンナでやっておるから大丈夫だ」

「さようでございましたね」

佐田はハシリドコロの粉が入った袋を置いた。

「これがうまくいけば、もっと量がいるようになるからな」

「それは重々承知しております」

佐田は破風が必ず、もっとよこせと言ってくると思っていた。

7

佐田の動きをずっと見ていた久米吉が、その様子を独庵に告げに来ていた。

「先生、佐田先生は破風先生のところに出入りしております。何やら荷物を持って行っております」

「何か売り込んでいるのかもしれないな。薬種問屋だから、女房の治療をきっかけに、薬を売り込もうと考えたのかもしれんな」

独庵はあごひげをなでた。

「もうすこし見張ってみます」

「そうだな。佐田先生の動きより、今度は破風先生の動きだ」

「わかりやした。しばらく破風先生の動きを見ておきます」

「頼んだぞ」

独庵は佐田の性格や自分にこぼしていた愚痴から、必ず何かを企《たくら》んでいるに違いないとにらんでいた。自分の運のなさを一気に取り戻すために、何か手を打つのではないかと思っていたのだ。

それは場合によっては、止めねばならないことかもしれなかった。

十日も経たないうちに、破風のところから使者が佐田の薬種問屋に来た。

「先生がすぐに診療所に来て欲しいとおっしゃっております」

という伝言だった。

佐田はまんまと破風がその気になってきたのだと思った。

白底翳の治療では、瞳孔を開いて手術をする。ハシリドコロは、どうしても手に入れなければならない薬だった。

佐田は翌日、破風の診療所へ行った。

破風は患者を診ていたようだが、佐田が来たことを知ると、診察室から急いで出てきて、

「待っておったぞ」

と佐田の背に手を当てて客間に通した。

「ハシリドコロの使い勝手はどうでございました」

佐田が訊く。

「すごいな。瞳孔を開くと手術は何倍もやりやすくなる。濁った水晶体がよく見えるのだ。これなら手術はもっとうまくいく。いやこの薬はすごい。毎月決まった量をもらえないか」

破風は思っていた以上に乗り気だった。佐田はしめたと思った。すかさず、

「もちろん、毎月、決まった量をお納めできます。ただ……」

もったいぶって、口を重くした。

「なんだ、はっきり言ってみろ」

「はい、これほど貴重なハシリドコロをある程度まとまった量納めるには、かなり人手がいりますし、時もかかります」

「そこをなんとかしてくれと言っておるのだ、いくらだ、いくら出せばいい。百両か」

「はい、一年分となれば五百両はいただかないと」

さすがに破風もその値を聞いて、一呼吸おいた。

「そうか……、よし」

「大丈夫でしょうか」

「一年で五百両、いいだろう」

破風はすっかりその気になっている。

「それに一年分を先にお支払いいただきたいのです」

佐田は狙い通りになったので、すかさず前払いの話をした。

「なんだと、先に支払えというのか」

破風は顔をしかめた。

「実は他からも引き合いがありまして、私としてもいろいろ付き合いがあり、そうそう断ることが難しいのです」

「待て、待て。わかった」

破風の慌てた姿が佐田にはたまらない。ようやくこの男を慌てさせることができたと溜飲《りゅういん》が下がる。

「では、先に五百両いただけると思ってよろしいでしょうか」

「ああ、いますぐには無理だが、二日あればなんとかなる」

「わかりました。それでは二日後にまた参りますので」

「よし、まかせておけ」

もはや佐田のほうが、破風より立場が上になったように見える。

むろん佐田には一年分のハシリドコロを集めるつもりなどなかった。破風に金を出させるはったりだった。


久米吉は破風の診療所の薬医門が見える屋敷の二階にいた。ここは以前、錦絵を頼まれた商家だった。家主は久米吉のことをよく知っていて、事情を話すと、二階を好きなように使ってくれと言ってくれたのだ。

夕暮れ時になって、市蔵が久米吉のところにやってきた。

「久米吉さん、どうですか」

市蔵が久米吉に訊いた。

「さっき佐田先生が診療所から出て行ったあとから、人の出入りが多くなったように見えるが、あっ、あれは」

薄暮の中を診療所から四人掛かりの大八車が出てきた。さらに一人の男が提灯《ちょうちん》を持って前を行く。

「眼科では死人はほとんど出ないでしょうしね。何も載っていませんね」

市蔵が言う。

「よし、あとをつけよう」

久米吉と市蔵は急いで一階に降りると、門を出て、大八車を追った。

気づかれないように、大八車と間《ま》をとりながら、二人はあとを追った。

尾張町《おわりちょう》五丁目近くまで来て右に折れると、三十間堀《さんじっけんぼり》に架かる新シ橋《あたらばし》を渡った。

「何かを運び出すのかな。どこまで行くつもりか。この辺りには蔵もないだろう」

久米吉がつぶやく。

「久米吉さん、河岸しかないですね、このあたりは。舟がくるんでしょうか」

大八車が止まった。奉公人らしき男たちは周囲を見回して人気《ひとけ》を気にしている。と、人影が動いた。よくよくみれば手前の天水桶《てんすいおけ》の陰に佐田がいた。

「佐田先生じゃないですか」

思わず大きな声が出そうになって、小声で市蔵がつぶやく。

「これはまずいな、市蔵さんよ。独庵先生を呼んで来てくれ。あっしはここで見張ってますんで」

「はい、わかりました」

市蔵は暗闇の中を走って行く。

久米吉は佐田の動きと、奉公人たちを気にしていた。

宵の口だ、まだ人の行き来があった。奉公人たちは手持ち無沙汰《ぶさた》に、大八車を囲むようにして、話し込んでいる。

人通りが減るのを待っているようにも見える。

佐田は大八車に集まる奉公人の動きをじっと見ている。

一刻《いっとき》（二時間）近くたったか。

人がほとんど通らなくなった。しばらくすると、そこに数名の浪人を引き連れた四《し》枚肩《まいがた》の駕籠がやってきた。乗っているのは大男なのだろう。

駕籠から破風がゆっくり降りてきた。

破風は河岸の袂《たもと》に行き、懐から紙を取り出した。

河岸には舟を停《と》めるための杭《くい》が何本も打ってあり、どうもその位置を確認しているようだった。周囲を眺め、また手に持った地図のようなものを見ている。何度も場所を確認して、ようやく、ひとつの杭に目をつけた。

大きく頷き、引き連れてきた浪人に周囲を見張るように目配せした。

奉公人の一人が川に入った。川の中に潜っているようだった。しばらく顔を出したり、潜ったりしていたが、男が一本の縄を持ち上げている。

それを受け取ると、四人の奉公人たちが縄を引き、何かをたぐり寄せているようだった。ゆっくり水中から樽が浮かび上がってきた。

奉公人たちがその樽を持ち上げ、大八車に載せた。

隠れていた佐田がその時を待っていたように、道に飛び出して刀の柄《つか》に手をやった。

そのとき、男が現れて、後ろからその手を押さえ込んだ。

面食らった佐田が振り返った。

「独庵先生、なんでこのようなところに」

手を振り払おうとするが、独庵の腕力には全く歯が立たない。

「馬鹿なことをするでない」

佐田はしかたなく柄にかかっていた手を下ろした。

「いま行かねばあの金が手に入らない、行かせてください」

佐田はまだ諦めきれないようだ。

「浪人もいるではないか、お前が斬り込んでも勝ち目はないぞ」

「いや、ここで破風のあの樽を奪えば、奴もさすがに困るだろう」

「樽の中身を知っているのだな」

「小判がぎっしり入っているんだ」

佐田がくやしそうに言った。

「どうしてそんなことを知っている」

「奴に目の手術に使う薬を売りつけました。買うには大金がかかるように仕向けたのです」

「なるほど。しかし、あの樽を奪ったところで、破風はもっと稼ぐことができるぞ」

「わかっております。しかし、このままでは、私の気持ちが収まらない。ここはなんとかお見逃しください」

「ならん」

「行かせてくだされ、いま奪わないとまた場所がわからなくなってしまう」

興奮した佐田を制するように、独庵が、

「佐田、考えがある、ここは私に任せてくれんか」

頼み込むように言った。

「先生が何をどうするというのです」

「まあ、私を信じるしか、お前さんに手はない」

佐田は納得できない顔だが、独庵に制されては動くこともできず、諦めざるを得なかった。

そうこうしているうちに、大八車に載せられた樽は、運び去られてしまった。

8

独庵と久米吉は、診療所の控え室にいた。

「破風先生が、樽から金を出して、また河岸に沈めやしたよ」

久米吉が呆《あき》れたように言った。

「実はな、破風先生のその油樽を盗み出したいのだ。そんなことができる盗賊を知らないか。聞くところによると、このところ東海道で大きな盗みをやっている連中がいるというではないか。久米吉の顔の広いところで、何か知っていることはないか」

独庵が久米吉に相談を持ちかけていた。

「東海道を股にかけて豪農に押し入っている盗賊というのは、西島仁兵衛《にしじまじんべえ》という男です」

「ほう、さすがによく知っておるな。その仁兵衛をなんとかできないものか」

さすがの独庵も盗賊に頼むわけにはいかなかった。

「仁兵衛を直《じか》には知りませんが、仁兵衛と一緒に盗みをしていた八幡太郎《はちまんたろう》と呼ばれている男はよく知っております。それが心を改めて、江戸に出ると、絵描きの真似事を始めたんでさあ。しかし、芽が出ないので、またぞろ仲間を集めて盗みをやりだしたんです」

「ほう、なかなか面白いな」

「この間、佐田先生に言っていたのはそのことでしたか」

久米吉は独庵が何を考えているのかわかってきた。

「うむ。破風の隠し金を盗賊に盗ませるのだ」

「なるほど。それで破風に一泡吹かせようというわけで」

「私も医者の端くれ、破風のあの傲慢で横柄な態度は気にくわん。腕はいいのかもしれないが、大名貸までやっているというではないか。あまりに医者の道を外れてしまっている。どうせここであの隠し金を奪ったところで、また稼ぐに違いない。それでも何千両もの金が盗まれればしばらくは破風も大変だろうし、佐田も少しは気分も落ち着くだろう。久米吉がなんとなく、破風の隠し金のことを、八幡太郎に話せば、必ず盗みに行くのではないか」

「なかなか面白い話じゃないですか、わかりやした。さっそく奴に話をしてみます」

久米吉はいつものように、音も立てずに、去って行った。

絵師が集まる蕎麦屋《そばや》があった。久米吉が住む浅草田原町《たわらまち》の隅にある小さな蕎麦屋だった。江戸で名を上げたいという絵師が田舎から出てきて、仕事の話から女の噂で盛り上がる、煮売り酒屋のような店だった。

久米吉はこの蕎麦屋で、いろいろな江戸市中の噂話を聞くことが多かった。『甘鯛《あまだい》』という妙な名前の蕎麦屋だったが、店主は変わりもので蕎麦にもっとも合わない魚の名をわざとつけたらしい。

『甘鯛』の暖簾《のれん》をはらって、久米吉が中へ入った。

「よっ、細面の色男。久米吉さんじゃねえか」

店に入るなり、あちこちから声をかけられる。それほど久米吉は絵師の中でも一目置かれる男だったのだ。

久米吉が奥座敷に上がっていくと、八幡太郎が座っていた。

「おっ、久米吉さん」

太郎が声をかけてきた。

「なんだ、八幡かい」

久米吉は太郎の顔を見て返事をした。小柄な男で、身軽そうに見えた。

「なんだじゃねえですよ。どうですか、このごろは」

太郎は蕎麦をすすりながら訊いてきた。

「どうですかは、こっちの台詞《せりふ》だ。少しは絵を描いているか」

久米吉は八幡太郎の前に座った。

「ちったあ、描いてはいますがね。なかなか腕は上がらねえもんです」

「絵を見せてみろ」

「とんでもねえ、大先生に見せられるような絵じゃねえんで。こんなに絵が売れねえものだとは知らなかった」

太郎は頭を掻《か》いた。

「あたりめえだ。そんなに簡単に誰でも絵師になれるんなら、盗人《ぬすっと》になる奴がいなくなる」

「ひでえことを言うなあ」

久米吉の言葉を聞いて、太郎は首をすくめてみせた。

「なんでえ、あたりか」

久米吉が大きな声を出すので、太郎はこっちへというように自分のほうに、久米吉を呼んだ。

「やめてくれ、周りから盗人と思われるじゃあねえですか」

「そう思われてはまずいのか」

「久米吉さん、今日はずいぶん絡むじゃねえですか」

太郎が困り顔になったところで、久米吉が小声になり、

「ちょっと耳寄りな話がある」

「なんでしょ」

「破風元代という眼科の医者を知っているか」

「さすがにお医者さまのことまでは知らねえですね」

「まあ、それはいい。江戸で有名な眼科の医者なんだが、それがあまりに繁盛して、金をしまっておくところに困ったと思いねえ。そいつがなんと油樽に詰めて河岸に沈めてあるんだとよ」

「ほんとうですかい」

太郎が目を輝かして、久米吉にさらに顔を近づけた。

「どうだ。いい話だろう」

「その、ありがてえ油樽はどこにあるんで」

「聞きてえか」

「ぜひ」

太郎が突然大声を出すので、周りの連中が話を止めて、太郎を見た。

「なんでもねえ、なんでもねえ」

太郎は周りの連中に手をひらひらさせた。また、周りの男たちがそれぞれの話を始めると、

「教えてくだせえよ」

太郎は拝むように両手を合わせた。

「お前が盗み出せるなら、教えてやろう」

「なんですかい、分け前をよこせって言うんですか」

「そんなものはいらん。ちゃんとお前が盗み出せればいい。どうせその金は大元の親分に持って行くんだろう」

「まあ、そういうことですが。俺が江戸ででかい仕事をやれば、親分も一目置くってもんでさあ」

「尾張町五丁目近くの河岸だ」

久米吉がずばりと言う。

「しかし、河岸っていっても、広いから簡単には見つかるわけがねえ」

「これだ」

久米吉が懐から地図のようなものを取り出した。

「さすがに売れっ子の絵師だ。うまく描けてますね」

「ほめているのか」

「だって、これを見ればどこに沈めてあるか、誰でもわかりやす」

「よし、お前にこの地図をやる」

「ほんとですか」

太郎はもみ手をした。

「その代わり失敗はゆるさんぞ」

「わかってまさあ。絵師よりはこっちが本職でさあ」

太郎はおしいただくように両手で地図を受け取ると、懐にしまい込んだ。

「頼んだぞ」

久米吉はそれだけ言うと、立ち上がって、蕎麦屋を出た。


二日後、破風の金の入った油樽が盗まれたと、蕎麦屋の『甘鯛』で大騒ぎになっていた。

久米吉は奥座敷に座って、噂話に耳をそばだてていた。

「久米吉さんよ、破風という眼科の医者の隠し金三千両が盗まれたらしい。しかし、医者も金を持っているものだな。お前のところの独庵先生はどうだ」

絵師の仲間の伊之助《いのすけ》がからかうような訊き方をした。

「独庵先生は金儲けが下手だからな」

久米吉は他人事《ひとごと》のように伊之助に言った。

「金儲けに走ると、ろくな医者にはならねえからなあ、金儲けが下手な先生こそ上等な医者ってもんじゃねえか」

「伊之助、お前もたまにはいいことを言うな」

久米吉は笑ってみせた。

「おれだって、医者を見る目ぐらいあらあな。しかし、盗み出した金をどうすんだろうなあ」

「大金すぎて、俺たちは想像もできねえなあ」

久米吉は蕎麦をすすりながら言った。食べ終わって、店から出た。すると、八幡太郎が店の前に待っていた。

「おう、久米吉さん」

太郎はどこか誇らしげだ。

「やったんだな」

久米吉が確かめるように言う。

「首尾は上々」

「油樽はどうしたんだ」

「今ごろは東海道を西に向かってまさあ。会符《えふ》をつけてますから、だれもそれには手を出せねえってわけでさあ」

「お上の御用と偽ったか。で、親分のところへ持って行くのか」

「へえ。遠江豊田郡《とおとうみとよだ》が凶作で、そこで金をばらまくと聞いてます」

「なんだ、親分は義賊なのか」

「まあ、そうしておけばお上の目も少しは緩《ゆる》むってことです」

「抜け目がねえなあ。それにしてもよくやった」

「なあに、これくれえは、俺にしてみりゃ、朝飯前ってもんだ」

「そっちの腕がそんなによけりゃ、当分いい絵は描けねえな」

「はは、そんなこと言わないでくださいよ」

「ま、お前も世のためになっているんだから、いいじゃねえか」

「そう言われると、あっしも、男が上がるってもんで。これはほんの礼でさあ」

太郎は懐から紙に包んだものを取り出した。

「なんだ、これは」

「油樽からこぼれた黄金色の油でさあ」

「ほうそうか、遠慮なくもらっておくぞ」

久米吉はここで遠慮もおかしいと思って、素直に受け取った。

「久米吉さんよ、また御用があればいつでも呼んでくだせえ」

「また、用があるときは頼む。じゃ、な」

久米吉は包みを懐に入れて、独庵の診療所へ早足で向かった。

9

診療所に入った久米吉は、蕎麦屋で聞いた話を独庵にした。

「そうか、うまくやったのだな」

独庵は満足そうに言った。

「八幡太郎もたいした奴でさあ。あっしの描いた地図だけで、油樽を探し出したんですから」

「さすがに盗賊だけのことはあるな」

独庵は感心している。

「盗んだ油樽は、もう東海道を進んでいるようです」

「それをどうするのだ」

「親分は、凶作の村々に金をばらまくそうです。お上に義賊であることを見せつけたいようで」

「そうか、それはいい。金持ちからせしめた破風の金が活《い》きる」

「あっしもそう思います」

「まあ、ご苦労だったな」

「八幡太郎の奴、こんなものをあっしに渡したんで」

久米吉が懐から小判の入った包み紙を出した。独庵はそれを見て、

「ほう、なかなか気が利くではないか」

あごひげをなでながら言った。

「これをあっしが持っているわけにはいかねえんで」

久米吉は独庵に渡そうとする。

「そうだな。よし、俺が受け取っておこう。佐田に渡しておく」

「それがようございます」

久米吉は小判が自分の懐からなくなったので、どこか安心したようだった。

頭を下げると久米吉は部屋からすっと出て行った。


翌日、佐田がやってきた。

「独庵先生、ありがとうございました。油樽のこと、噂で聞いております」

「私が盗んだわけではないぞ」

「金はどうなったのでしょうか」

「盗賊の親分が、東海道を運んで、凶作の村人にばらまくそうだ」

「そりゃいい。破風先生も少しは応《こた》えたんじゃないでしょうか」

佐田は晴れ晴れとした顔だった。

「まあ、それはどんなものかな。一時《いっとき》は手元不如意《てもとふにょい》になるかもしれんが、あの稼ぎようでは、またすぐ貯《た》まるだろうよ」

「まあ、それはそれでいいでしょう。少しでも破風先生が慌ててくれれば」

「お前はどうするんだ」

独庵は佐田のこれからが心配だった。

「私は薬種問屋を畳みます」

「そうか、してどうする」

意外な返事に独庵は戸惑った。

「甲州に帰って、百姓になって葡萄と葡萄酒のもっとうまいのを作ります」

「そうか。千代さんはなんと言った」

「千代は、甲州で百姓をやると言ったら、桜を見たときより、ずっと喜んでます」

「なるほどな。私もそうだろうと思う」

「どういうことでしょうか」

佐田は不思議そうな顔をしている。

「わからんか」

「はい」

「千代さんは、お前が無理して見せようとした桜より、お前が生き生きと仕事をしているところを見たかったのだ。いい葡萄酒を作れば、薬になってもっと多くの患者を救えるではないか。医者の務めと同じだ。千代さんは、それを願っていたのだ」

「そこまで気が回りませんでした」

「まあ、よい。しっかり二人でやればいい」

そう言って、懐から久米吉から受け取った小判の包みを取り出し、

「これは餞別《せんべつ》だ。油樽から少し漏れたのだそうだ」

佐田は独庵の言葉に怪訝《けげん》な顔をして、包みを見た。

「これはいけません。先生が持っていてください」

「何を言っているんだ。これは不浄な金ではない。義賊の心意気だ。仕事に活かせ」

佐田はためらいながらも、

「そうですか。それではいただきます。助かります」

包みを懐にしまった。

「しっかりやってくれ」

「ありがとうございます」

佐田は深々と頭を下げた。

独庵は若いころの落ち着きを取り戻した佐田の姿がうれしかった。

10

佐田が甲州へ帰ってから、ひと月ほどして、独庵の元に手紙が届いた。

その手紙を独庵が読んでいると、

「先生、佐田先生と奥様はどうしているんですか」

すずが心配そうに、訊いてきた。

「千代さんの江戸患いは、甲州に戻ってから、ずいぶんとよくなったとある。やはり江戸患いは、地方へ行くと治ってしまうというのは本当なのだな。佐田先生は葡萄畑の手入れを毎日やっているそうだ」

「お二人とも、よかったですね」

すずもうれしそうな顔をした。

「そうだな。すずもだれかいないか。世話をしてやってもいいぞ」

「先生、それは自分で探します」

すずが正面から独庵を睨《にら》みつけて言った。

「そうか、そうか」

独庵は余計なことを言ったと思い、頭をかいた。


昼になって久米吉がやってきた。独庵は縁側に座り、中庭を眺めていた。

「先生、ご存じでしょうか」

「なんだ」

「破風先生が中風《ちゅうぶう》（脳卒中）で倒れたそうです」

「なんと、それは大変だな。症状はどんなであろうか」

「どうも右手足が不自由のようだと聞いております」

「仕事に復帰するのはむずかしいかな」

独庵は庭の紫色の一初《いちはつ》の花を眺めていた。

「あんなに稼いで、確かに患者のためにはなっていたんでしょうが、病は無情でございますな」

「その通りだ。病は人の善悪に関わりなく訪れる」

そう言うと、独庵はもう一度庭に目をやった。

「先生、ひとつお聞きしてよろしいですか」

「なんだ」

「破風先生が金儲けに目がない医者だからといって、佐田先生のやっかみに肩入れして、金を盗ませたというのが、どうもひとつしっくりしないもんで」

「それは久米吉の言う通りさ。実はな、私は破風の一言が許せなかった。死ぬ間際の患者は手術などやっても無駄だとぬかしおった」

「なるほど、そういうことでしたか」

久米吉は独り言のように言った。

「あかを連れて、大川の土手まで行くか」

独庵は久米吉の返事も聞かずに、立ち上がった。

「あっしも参ります」

久米吉もあとに続いた。

二人は早足で土手までやって来た。あかはすっかり葉桜になった土手の小道を走っていく。

「あか、あまり遠くへ行くでない」

独庵が叫ぶ。

あかは一時振り返るが、さらに先へ走って行った。

第三話　誤診（夏）

1

　あかがあまりの暑さに、診療所の中庭の縁の下に潜り込んで、地面を掘り始めた。前脚で器用に土を掻《か》き出す。次第に掘るのが速くなって、何かに取り憑《つ》かれたように掘り続ける。

「あか、そんなにそこを掘ったらだめよ」

　女中のすずが、床下に潜り込んだあかに言う。あかは聞こえぬふりをして、自分がうまく入れるほどの穴を掘る。器用にからだを回して、穴の中にからだを入れた。しばらくすると、地面で冷やされたのか、あかは気持ちよさそうに昼寝を始めた。

「いいよな。犬はからだを冷やす方法を知ってて」

代脈の市蔵はうらやましそうに言うが、実はある患者のことで頭を悩ませていた。

近ごろ、独庵は市蔵に診療を任せることがあった。診断から治療まですべてを、市蔵にやらせるようにしたのだ。

この時代、医者になるには、特別な免許はいらなかった。しかし、自分がついた先生からの許可がないと、開業しても患者がなかなか来なかった。

普通は十年くらい代脈として働き、開業を許されるようになる。市蔵はまだ三年目で見習いの医者だった。

それでも近ごろは、独庵が診断などにあまり口出しをしないようになっていた。

そんな中で、市蔵を悩ませていた患者がいた。

市蔵なりに、さんざん考えたのだが、はっきりした診断がつかなかった。結局、独庵に診断を仰ぐことにした。

「先生、ご相談がありまして」

市蔵は診察室で本を読んでいた独庵の前に座った。

「どうした。深刻な顔をして」

「このごろ患者の診断や治療を私に任せていただいているのは、光栄と思っております。しかし、どうも診断に迷う患者がおりまして、先生のお考えを仰ぎたいのです」

「そうか、まあ、言ってみろ」

　独庵は本に目を落としたまま言った。

「ひと月前に診た指物師《さしものし》の石造《いしぞう》という男の手の震えが、いろいろ薬を変えてみたのですが、いっこうによくなりません」

「病気の診断に必要なものは、知識と経験だ。市蔵には、まだ経験がないから無理はない。また知識があってもそれをうまく使えなければ診断はつかない」

「もっともでございます」

　市蔵は独庵が回りくどい言い方をするので、これは診断をするつもりはないと思った。

「私の言いたいことがわかったか」

「はい、もちろんでございます」

「いや、わかっておらんな。その程度では千思万考《せんしばんこう》になっておらん。それで私に診断を仰ぐとは情けないぞ」

　独庵は急に不機嫌になって、黙ってしまう。

「まことに、浅はかでございました。もう一度しっかり考えて参ります」

市蔵の言葉に独庵は返事もせず、本を読んでいる。

市蔵は診察室を出て、廊下に立った。

すずが立ち聞きしていた。

「先生は、ずいぶんご機嫌が悪いですね」

「いや、私が安易に診断を聞きに行ったことが気にさわったのだろう。もっともっと私が考える必要があった」

「わかっていたのに、どうして」

「あまりに診断を急いでしまったからだな」

すずは市蔵を励まそうと思ったが、言葉が見つからず、

「何かおいしいものでも食べましょうか」

市蔵の気持ちを楽にさせようと言った。

「うん。そうだな」

市蔵は気が進まないような返事だった。

「ぼた餅がありますから」

「ほう、では庭でいただこうか」

市蔵は元気なく言った。

すずが奥に引っ込む。

しばらくすると、すずがぼた餅を持ってきて、縁側に並んで腰掛けた。

市蔵がぼた餅を口に入れた。

「どうですか」

すずが市蔵の顔をのぞき込むようにして訊《き》く。

「うまい」

「よかった」

すずはうれしそうに笑った。

その様子を独庵は、障子の隙間からずっと眺めていた。

2

診療所にある市蔵の部屋は、玄関脇の廊下を行った突き当たりにあった。

四畳の部屋で、机しかないが、長屋と比べれば仙台藩の蔵屋敷を一部改造した診療所の造りはずっといい。

市蔵は自分の部屋に戻り、もういちど医学書を読み始めた。

この時代、和蘭《オランダ》語の医学書の輸入が解禁されて、和訳の本が出回り始めていた。

それによると、人の手先の震えには、様々な原因があった。

からだの中のどこかが原因で起こるものと、外から入って来た毒素のようなものが原因で起こるものと、大きく分けて二つあった。

からだの中から起きたものなら、もう少し他の症状があってもいい気がしていた。外からのものが原因なら、患者の周りのことが関わってくるだろう。

石造は五十歳くらいで、江戸でも名の知れた指物職人である。指物とは、釘《くぎ》をいっさい使わず、木の板を組み合わせて作る細工物で、小さい箱のようなものから、大きいものは簞笥《たんす》まである。仕事で使うのは漆《うるし》くらいで、他に毒になるようなものを使うことはない。

市蔵は奈良《なら》の大仏建立の際、職人の間に原因不明の病気が流行し、死者が出たことを書いた書物を読んだ覚えがあった。

大仏は仕上げに表面を金で覆う。水銀と金を混ぜたものを塗布《とふ》し、その後、炭火で加熱して水銀を蒸発させ、金のみを残す鍍金《めっき》という方法だ。

巨大な大仏全体に金鍍金をするのに、五年かかったとその本に書かれていた。

水銀を加熱すると毒素が発生する。

大仏を金鍍金すれば、その毒素を吸い込むことで職人のからだがおかしくなった可能性もあると市蔵は思い始めた。もしかすると、石造もなにかの毒素をどこかで吸い込んで、それが原因で手が震えるようになったのではないか。

しかし、その書物にはそれ以上詳しいことが書かれていなかったし、震えのことも記載がなかった。

市蔵は自分の読んだ書物の内容と、石造の症状を重ねて考え始めた。


翌日、石造が診療所に来た。

石造の指先は、何もしなければ震えない。

道具を手にして何かをしようとすると、右手の指先が細かく震えてしまう。

「どうですか、具合は」

市蔵は石造に訊く。

「どうもいけねえ。いまはそれほどじゃねえんですが、肝心の仕事で細かいところを鑿《のみ》で削ろうとすると、震えるんでさあ」

「先日渡した黄連解毒湯《おうれんげどくとう》も効かなかったか」

「せっかくの薬だが、効かねえなあ。先生、なんとかしてくれ。これじゃ仕事にならねえ」

石造は丸顔で、髪は職人らしく髷《まげ》の先が散らされている。

「わかっている。いまいろいろ調べているからな。ところで、石造さんの仕事は指物だけか」

「どういうことで。あっしは指物しかやらねえし、それしか能がねえ男だ」

「いやそういうことではなく、お前の仕事場で、何か薬みたいなものを使うことはないのか」

「薬っていうほどのもんじゃないが、膠《にかわ》とか、漆ぐれえかな」

「そうか」

市蔵は考え込む。

「そうそう、言い忘れたが、女房のいねの親父《おやじ》桐三郎《きりさぶろう》は鍍金職人で、隣の店《たな》で仕事をしていやしてね、そういやあ、義父《おやじ》はなにやら薬を使っているな」

「なんだと」

市蔵は身を乗り出して石造の顔を見た。

「義父は鍍金じゃあ、ちったあ名が知れている職人でさあ」

「そうだったか」

市蔵は大きく頷《うなず》いている。

「あっしの震えのわけがわかったんで」

「ひょっとするとな」

「じゃあ、治るんですかい」

「私の考えに間違えがなければな。一度、お前の仕事場を見せてくれ」

「なんでえ、あっしの汚え仕事場を見てもしょうがねえと思うがな」

「いや、とても大事なことなのだ」

「そうでやすか。いいですよ。いまから一緒に行きやすか」

石造も病の原因がつかめるかもしれないとあって、乗り気になっていた。

「おお、すまないがそうさせてくれ」

「震えが治るなら、お安いご用だ」

石造はすっくと立ち上がった。

市蔵は石造の後に付いて、本所《ほんじょ》にある仕事場に行った。

いかにも几帳面《きちょうめん》な石造の仕事場らしく、これで仕事をしているのかと思うほど片付いていた。

「ほう、ずいぶんと綺麗《きれい》にしているな」

市蔵が感心したように言った。

「指物師は、やることがこまけえから、普段から片づけておかねえと仕事にならねえんで」

石造の女房のいねは仕事場の隅にいた。市蔵が挨拶をするが、無関心なのか、軽く頭を下げただけで、挨拶ひとつするわけでもなかった。

市蔵が石造に小声で、

「なんだか、お前の女房はずいぶんと愛想がないな」

「すまねえ。いつもあんな具合で」

「なにか病があるのか」

部屋の隅でずっと座っている石造の女房が、市蔵は気になった。職人の女房にしてはずいぶんいい着物を着ているように見える。

「そんなものはありゃしませんが、なんせ石地蔵のように無口でして。まあ、ガミガミ言わないだけましってもんで」

「そうか、なんだか難しいかみさんだな」

市蔵はそれ以上に二人のことは詮索しなかった。今は石造の病の診断が先だ。

市蔵はとくと部屋を眺め回すが、特別なものはなにも見つからない。

石造は煙管《きせる》を取り出すと慣れた手付きで火を点《つ》けた。ふと見ると、煙管入れに金色の根付がぶら下がっていた。

「石造、ずいぶんいい物を持っているではないか」

「さすがに市蔵さん、なかなかお目が高い」

石造が煙を吐き出しながら言った。

「それだけのもの、だれが見てもわかるぞ」

「なーに、これは義父にもらったものだ。確かにそこいらの職人に持てるもんじゃねえ」

「で、桐三郎の仕事場は隣か」

「そうでさあ、行ってみますか」

「もちろんだ」

石造は板間から三和土《たたき》に降りて、身軽な動きで、隣の店へ入っていく。

「御免よ。義父はいるかい」

「いまちょっくら、外へ出てまさあ」

桐三郎の弟子らしい若い男が答えた。

石造は遠慮なく、板の間に上がって行く。六畳くらいの狭い仕事場だ。弟子が、細工された鍔《つば》を何かの液に浸し、やっとこで持ち上げた。しばらく待って、そこに炭火を当てると、白煙が舞い上がり、風通しの悪い部屋にそれがこもった。

「あれは何をしている」

市蔵は煙の中、目をこすりながら石造にたずねた。

「あれですかい。金鍍金をしているんでさあ」

「あの液はなんだ」

「水銀を使った鍍金の元だとか。なんでも作り方は秘密というか、門外不出ということで」

「水銀か」

「金鍍金をするにゃあ、まず水銀に金を溶かし、その液に鍔を浸ける。その後、火であぶって、水銀を飛ばすんでさあ」

「そうか、水銀なんだな」

市蔵はこれだと思った。

「あっしも暇なときには、ここで手伝っているんでさあ。指物だけでなく、鍍金職人もやっているってわけで」

「なんだ石造、そんなこと、私に言ってなかったではないか」

「たいしたことじゃねえと思いましてね」

石造は頭をかいた。

「わかったぞ。石造、指の震えのわけが」

「ほんとですかい」

石造はパチンと手を叩《たた》いた。

「この煙を何度も吸い込むと、手が震えるようになるのだ」

「そうなんですかい」

「水銀は、からだに毒だ。毒を吸い込めば、おかしな症状も出てくる」

市蔵は得意気に説明した。

「じゃ、治るんですね」

石造はうれしそうだ。

「まかせておけ」

市蔵は自信たっぷりに言った。

3

今年の夏は雨が少ない。そのために大川の水がだいぶ干上がってきていた。船着き場は浅くなった岸より川の中へ延長せねばならず大変だった。

診療所の前を水売りが声をあげて歩いて行く。

「井戸水が少なくなっているので、水売りの水でももらったほうがいいのかしら」

すずが心配そうに言う。

「まだ大丈夫だ。昨日、私が井戸をのぞいてみたが、十分水はある」

市蔵の言葉に力強さがあった。

「いつもの市蔵さんじゃないみたい。どうかしたんですか」

すずが市蔵の顔をじっと見詰めて言った。

「べつになにもない。いまから、独庵先生に私がいま抱えている患者の診断がついたと、お知らせしようと思ったところだ」

すずは市蔵が普段からこれくらい自信に満ちていればいいのにと思っていた。

市蔵は独庵のいる控え室の前で、

「先生、お話があります」

いつもより威勢のいい声で言った。

「市蔵か、どうした」

市蔵は障子を開けて、中に入った。

「先生、悩んでおりました病の原因がわかって参りました」

「どうしたんだ、藪《やぶ》から棒に」

独庵は驚いていた。こんなにきりりとした市蔵を見たことがなかったからだ。

「ずっと考えていた病の診断がつきそうなので……」

「そうか、それはよかったな。で、だれのことだ」

「はい。指物師の石造のことでございます」

「以前からお前が見ている患者だな」

「そうでございます。石造の手の震えがいろいろ薬を変えてもよくならず、困っておりました。どうにも、その真因がわからなかったのです。以前に、先生から言われていた『患者の住まいを調べてみろ』という言葉を思い出しまして、石造の仕事場に行ってみました」

「ほう、それはいい思案だ。で、どういう見立てだ」

「石造の義父は鍍金の仕事をしておりまして、仕事場が隣にあります。石造は鍍金の仕事も時々手伝っていると申しておりました。書物を読んでいたところ、奈良の大仏は金鍍金を使っているとか。水銀にまぜた金を大仏に塗り、乾いたところを炭火で焼きます。そうやって、水銀を飛ばしていたことがわかりました。そのために、大仏建立に関わった職人に妙な病が流行《はや》ったと書いてございました」

「なかなか面白い。その妙な病というのはどういう症状なのだ」

「はい、吐き気や下痢などのようでした。水銀を炭火で飛ばしていますから、それを吸い込んだために、その症状が出たかと思います」

「なるほど、なるほど」

独庵が大きく頷いた。

「おそらく、石造も同じように水銀の毒を吸っていたはずです。そのために手があのように震えるのだと考えました」

「そうか」

独庵はポツリと言った。

「水銀の毒にやられたに違いありません」

市蔵は念を押すように言った。

「それでいいのだな」

独庵はいまひとつはっきりしたことは言わない。

「先生になにか別な考えがおありでしょうか」

「確かに水銀は毒だが、大仏建立の時の病に、確か、手の震えはないように思う。市蔵の言う書物は、私も以前読んだことがあって、非常に面白いと思った。しかし、あくまで腹の症状が多く、どれも数日で治っているはずだ」

「しかし、水銀の毒を吸い込んでいますから、石造があんなふうに手が震えることが起きても不思議はございません」

市蔵はどうしても水銀のせいにしたいようだ。

「市蔵、お前が石造の長屋まで行って調べたことはいいだろう。しかし、先に診断を決めていたのではないか。大仏建立の時の病を知って、石造の症状に当てはめてしまったのだ。しかし、たとえ、石造が水銀の毒を吸っていたとしても、手の震えは、大仏建立の書物には書かれていない。腹の症状だけだ。市蔵、事実をしっかり見るのだ。お前はいま自分の想像で、石造の病の原因を作り出してしまっている。冷静にみれば水銀の毒だけでは震えは起きないのだ」

市蔵はそこまで言われてしまうと、自信がなくなってきた。

「私の考えが間違っていると」

市蔵はおずおずと独庵に訊いた。

「水銀の毒に目をつけたことがおかしいのではない。吟味が不十分なのだ。水銀の毒の話と、石造の症状が合致しない。お前は自分の思いつきにとらわれている。もっと冷静に患者の症状や周りのことを調べるべきだ」

「そうなんでしょうか」

市蔵はまだ納得できないようだ。

「市蔵、全くの間違いだ。思い込みが誤診を生み出す。まあ、こういった経験も、お前にはよかったのかもしれん。もう一度考え直すのだ」

独庵は思いつきで診断をつけてしまい、もっと多くの可能性を患者から引き出そうとしない市蔵を叱責した。

市蔵は黙ってうなだれている。独庵はさらに続ける。

「常に我意《がい》を疑い、目の前の症状を冷静に判断していかねば、本当のことは見えないものだ」

独庵は厳しく指摘した。市蔵は独庵の言葉を聞きながら、石造の病気とは別に、女房のおかしな様子を思い出していた。いくら愛想がない女房とはいえ、亭主の病を治そうとする医者にあそこまでの態度はとらないだろうと思ったのだ。それにあの派手な着物も気になった。

市蔵は診断の間違いは認めても、むしろ自分の直感は信じようとしていた。

4

久米吉は浅草田原町にある長屋で、錦絵を描いていた。

市蔵が久米吉の長屋に来たのは久しぶりだった。

座り机に筆がみな櫛《くし》の歯のように同じ間隔で置かれている。絵の具の皿も綺麗に並べられている。

「久米吉さん、絵もいいですが、この皿の整然とした並べ方が見事ですね」

市蔵が感心している。

「なんでえ、絵よりそっちかい」

久米吉は笑っている。

「絵はからっきしわからないからなあ。確かに久米吉さんの絵はうまいとは思いますが」

「それだけほめてもらえば十分だ。絵描きは見てくれる人がいないことには商《あきない》にならねえ。人さまが絵を買うというのは大変なことでね。なんせ元はただの紙と絵の具だ。それが売れるってことが、いまだに自分でも不思議で仕方がない」

「妙なことを言いますね」

「いや、絵師はみなそう思っている。それはともかく、自分で描いたものが売れる、ありがたいことだ。ところで今日はどうしなすった。あっしのところに来るとは、珍しいじゃありませんか」

「お願いがあってきました」

「なんでやんしょ」

久米吉は軽口を叩きながら絵筆を置いた。

「いま指物師の石造という男の手の震えを治そうとしているのですが、なかなかうまくいきません。石造の仕事場を見てきたのですが、指物師にしては、女房が妙に高そうな着物を着ていたり、石造も金の根付を使っていたり、どうもしっくりこないのです」

「それが、病と関わりがあると言うんで」

久米吉は興味を示した。

「それはわかりません。しかし、独庵先生には自分の納得がいかないことは、納得できるまで調べるものだと、いつも言われております。だから私も調べてみたいのです」

「そうですか」

久米吉は返事をしながら、市蔵が以前とは変わってきたと思った。

「妙なことを言うようですが、自分の直感を信じたいのです」

市蔵がわざわざ頼みに来たということは、なにか確信があるのだろう。

「よし、わかった市蔵さん。調べてみやしょう」

「助かります」

礼を言うと、市蔵はうれしそうに帰って行った。

久米吉は筆先を並べて束ねた連筆《れんぴつ》で、地を黄土《おうど》色に塗っていた。連筆は一本一本が水の含み具合や絵の具の量が違ってくるので、横にすーっと塗っても、単調にならない色合いが出てくる、今でいうグラデーションのことだ。

ふーっと息をついて、筆を置いた。筆を丁寧に洗い、筆掛けにつるした。

目をつむりしばらく考え込んだ。

やおら目を開き、立ち上がった。

そのまま外に出ると、蕎麦屋《そばや》の『甘鯛』に向かった。

真夏の炎天下を歩くのは大変だが、ようやく陽《ひ》が沈んで、なんとか暑さはしのげる。今夏は夕立が少ないので、少しでも風が吹くと塵《ちり》が舞い上がって、目を開けていられない。

しばらく歩いていくと、『甘鯛』が見えてきた。砂埃《すなぼこり》の中、薄目で看板を確かめて、暖簾を押して中に入った。

「だれかいるかい」

久米吉が声をかけて奥へ行く。

ここは絵師の集まる蕎麦屋だった。売れている絵師、絵師と名乗ってはいるが何をやって稼いでいるのかわからない奴《やつ》、有象無象の連中の集まる所だ。

だからこそ、江戸市中のいろいろな噂話が飛び込んでくる。

まだ刻《とき》が早いのか、ほとんど人がいない。しばらく待つことにした。

酒を頼んでちびりちびりやっていると、店の入り口から威勢のいい声が聞こえてきた。

男は奥座敷にいる久米吉を見つけると、

「なんでえ、久米吉さんじゃねえか。ひとり酒かい」

「勝二郎《かつじろう》か。そういうわけじゃねえけどな」

久米吉はちょうどいい男が来たと思った。やたらに江戸の裏仕事に詳しい男だった。髪は後ろに束ねてあるだけ、着物はほつれて汚れている。しかし、勝二郎の噂話というのはいつも噂ではなく、本当のことが多かった。

「久米吉さん、どうですかい、このごろ絵のほうは」

勝二郎が訊いてくる。

「そうさな。まあ、まあってとこかな。おう、そうそう、白木屋《しろきや》から看板の絵を頼まれてな」

「さすがは久米吉さんですな、白木屋とはすげえもんだ」

「そっちはどうだ」

「からっきしだめでさあ。摺物《すりもの》を少し頼まれましたが、安い仕事でね。いま噂の帳場箪笥泥棒ならがっぽり稼げるだろうに」

勝二郎は煙管を取り出すと、主人から火を借りて煙草《たばこ》に火をつけた。そのまま一服吸って煙を吐き出すと、天井を眺めた。

「なんでえ。帳場箪笥泥棒っていうのは」

久米吉は懐手で訊く。

「早く言えば、金庫破りなんでさあ」

勝二郎はもう一服吸い、煙を吐き出した。一呼吸おいて、煙管でたばこ盆の縁《へり》を叩き、灰を捨てた。

「なんでえ、金庫破りって」

「さすがの久米吉さんも知らねえんだな」

「もったいぶるねえ」

「へい、へい。帳場に置いてある帳場箪笥には千両箱を兼ねているような奴があるんでさあ。そのままじゃ簡単に盗まれてしまうから、しちめんどくさい手順で開けないと、開かないようにできてるって寸法で」

「からくり箱のようなもんだな」

久米吉は頷く。

「そうそう、普通はごつい鍵が付いているんだが、中にはちょっとやそっとじゃ開かない帳場箪笥がある。ところが、盗人《ぬすっと》はそれを見破って、手順よく開けて金だけ盗み出す。傷ひとつつけねえから、しばらく店の者も、金庫破りにあったことに気づかねえってわけだ」

「よほど手先の器用な泥棒だな」

「ほんと、それくれえ器用ならもっと別なことをやりゃあいいと思うがね」

久米吉は勝二郎からいい話を聞いたと思った。

「まあ、飲めや」

久米吉は懐《ふところ》から手を出すと、徳利《とっくり》を取って勝二郎の茶碗《ちゃわん》に酒を注《つ》いだ。

「ありがてえ、すまねえな、久米吉さんよ」

「遠慮する仲でもあるめえ」

ご機嫌で、勝二郎は酒を飲んだ。


翌日、市蔵に頼まれた仕事をするために、久米吉は暑い中、本所の石造の長屋へ向かった。

石造の長屋を遠くからしばらく眺めていた。時々、職人らしい男が出入りしているが別段怪しい様子はない。

久米吉は直接、石造に会ってみようと思った。

店の前まで行くと、中をのぞき込んだ。

「なんでしょ」

中から声がしたので、久米吉はそのまま土間に入った。

「いやねえ、いま帳場箪笥を探しておりましてね。指物で有名な石造さんなら相談に乗ってくれるだろうと思ってきました」

「帳場箪笥もいろいろあってねえ」

「ちょっと見せてもらえねえだろうか」

「ああ、いいよ。こんな小さいものから、奥に置いてあるでかいものまでいろいろだな」

「釘はいっさい使わないんで」

久米吉は何も知らないふりをして訊いてみた。

「お客さん、まったくの素人だね。釘を使わねえで作るのが指物でさあ。例えばここだ、板を糊《のり》ではったように見えるだろう」

手近にあった小ぶりの箪笥を引き寄せる。

「そうですね。ぴったりとくっ付いてますね」

「これは仕口《しぐち》といって指物の一番要《かなめ》のとこだな。木を鑿《のみ》で削って組み合わせてあるんだ。職人の苦労のあとが見えねえところが、江戸っ子の技ってもんだな」

ぴたりとくっ付いていた板を石造が、ずらすと綺麗なのこぎり状の仕口が出てきた。

「ほう確かに、こりゃあ外から見たんじゃ、わからねえな」

「木のつなぎ方にもいろいろあって、ろうそくほぞ、四角の枠を作るときの留形《とめがた》隠し三枚接《つ》ぎっていうのもある」

石造は自慢げに自分の技を語り出す。

「こりゃあすごいもんだ」

大げさに久米吉は驚いてみせた。それに乗せられて石造はさらに話を続ける。

「こういった技は木目を活《い》かすのが肝心で、一番いいのは伊豆《いず》の御蔵島《みくらじま》の桑なんだ。職人は島桑《しまくわ》と呼んでいるがね」

「もしかして、あれがそうですか」

奥の大きい簞笥を久米吉が指さした。

「ほう、おめえさん、なかなか目がいいな。そうだあれが島桑だ」

「確かに木目がいい」

久米吉は本当に感心していた。大した技量だと思えてきた。

「これはどうかね」

石造が隅にあった帳場簞笥の小ぶりのものを持ってきた。

「ああ、こいつはいいですね」

「これは見た目だけじゃねえ。ここはただの引き出しだと思うだろう。そうじゃねえんだ。この引き出しを少し引き、後ろの板を下げると……おっとこれ以上は言えねえ」

「そんな殺生な」

「こっから先は買わねえと教えるわけにはいかねえ」

「盗人に知られてはまずいという用心ですかい」

久米吉が興味深そうに訊くと、

「そういうことだな。おめえさん、どうも買う気がなさそうだな。帰ってくれ」

盗人という言葉を聞いて、急に久米吉を警戒したのか、様子が変わった。

「そんなことはねえ、気に入ったものがあれば買いますよ」

「あんた、なかなかいい目をしているが、俺にはお見通しだよ。冷やかしの客も多いからな」

「それは弱った。そんなふうに見えるのか」

「ああ」

「手間取らせたな。出直すよ」

久米吉は石造に礼を言って、店を出た。

石造も何か勘が働いたのかもしれなかった。久米吉は確かに、これはなにかあると思った。

久米吉は一旦《いったん》、田原町の長屋まで戻り、暗くなるのを待った。

石造は何かを隠している。帳場箪笥のからくりの話の途中で、急に態度が変わったことが、久米吉にはひっかかっていた。しばらく石造の動きを見張ることにした。

宵五つ（八時）になり、本所の石造の店《たな》までやってきた。竪川《たてかわ》の前に石造の店はあるが、対岸からでは、遠くてよく見えないはずだ。潜む場所を探してみる。

石造の店を少し行ったところに河岸があって、船着き場になっている。船小屋があって、そこの陰からちょうど石造の店が見ることができた。

久米吉はここに身を隠し、石造の動きを見張ることにした。

最初の夜はまったく人の動きがなかった。

二日目の夜には、男が一人訪ねてきた。男は店に入る前に、周囲にだれもいないことを確かめるように、あたりを見回した。男は半刻《はんとき》も経《た》たないうちに石造の店から出て行った。

何か相談に来たのだろうか、同じ男が翌日の同じ時にやってきて、帰って行った。

石造の動きを見張り始めて四日目の夜だった。

夜四つ（十時）を過ぎてから石造が店から出てきた。何度もあたりを窺《うかが》っていたが、両国橋《りょうごくばし》のほうへ早足に向かっていく。

久米吉は後をつけた。

石造は両国橋の手前にある修徳院《しゅうとくいん》の境内に入っていく。境内は暗闇につつまれている。久米吉は音もたてずに後を付ける。石灯籠の陰に隠れ、息を殺した。

しばらくして、三人の男が境内に入って来ると、男たちが立ち話を始めた。久米吉にもその声がかすかに聞こえる。

「黒峰屋《くろみねや》」という言葉だけがわかった。黒峰屋は久米吉が一度仕事を頼まれたことのある呉服屋の大店《おおだな》で、柳橋《やなぎばし》近くにある。いまからそこに押し入ろうというのだろうか。

男たちは何かやりとりをしていたが、急に背の高い男が先に歩き出し、石造がその後ろからついて行く。

四人は修徳院を出ると、両国橋を渡り、右へ曲がって柳橋に向かって行く。確かにこの先に黒峰屋があるはずだ。

しかし、不思議なことに、四人は黒峰屋の前を通り過ぎた。久米吉が境内で黒峰屋と聞いたのは間違いだったのか。

四人は黒峰屋の二軒となりの店の前で止まった。久米吉は黒峰屋の大きな看板の陰に隠れて、石造たちを見張った。

背の高い男が周囲を見ている。久米吉はここが蔦屋《つたかぶや》という地本問屋《じほんどいや》だったことを思い出していた。地本問屋は浮世絵や絵本といった安い本を置いてある本屋で、久米吉が昔、美人画を描いて持ち込んだことがあった。

どうして金のありそうな黒峰屋でなく、蔦蕪屋を狙うのか、久米吉にはわからなかった。しかし、蔦蕪屋の戸板だけの店表を見て納得した。黒峰屋は店構えがしっかりしていて、そうそう簡単に押し入ることができそうにもなかったのだ。それに比べれば、蔦蕪屋は、間口も狭いし、押し入るのは簡単そうにみえた。

石造たちは端《はな》から、表から簡単に押し入れそうな店を決めていたのだろう。地本問屋なら、こんな遅い刻限に店の中に奉公人がいることはない。うまくやれば、裏の長屋にいる奉公人に気づかれることもない。

背の高い男は見張り役のようで、周囲を見回している。もう一人の男が長い棒のようなもので、器用に戸板を外してそっと開けた。待っていた石造と四人目の男が、店の中に入って行く。

四半刻《しはんとき》（三十分）もしないうちに、石造と男が出てきた。待っていた男が、戸板を音も立てずに元に戻した。

石造が懐から何かを取り出し、待っていた男たちに渡しているようだった。それを受け取ると、男たちは無言で分かれて、散って行った。

あざやかな手口だった。押し入り易《やす》そうな店に狙いを定めて、これまで何度も盗みを働いてきたに違いない。石造は自分の作った帳場簞笥を売った店の中から、押し入り易そうな店を決めていたのだろう。帳場簞笥金庫のからくりを石造は知っているから、時もかけずに、簡単に金だけ盗み出せたのだ。

久米吉は石造の裏の姿を見た。しかし、一流の指物師がなぜこんなことをやっているのか、それがわからなかった。

5

久米吉は独庵の診療所にいた。市蔵も久米吉の話を聞きたくてしかたがなかった。

控え室に三人が集まっていた。

「市蔵さんに頼まれましたんで、指物師の石造が昨夜、やったことを見てまいりやした」

久米吉が独庵に言った。

「なんと、市蔵が頼んだのか」

独庵は怒っているというより、驚いていた。

「はい。勝手な真似《まね》をお許しください。石造が何かを隠している気がしてしかたがなかったもので」

市蔵は詫《わ》びるように言った。

「いや、話を聞いて、あっしがやりたくなったんでさあ」

久米吉が市蔵をかばった。

「まあ、いい。それでどうだったのだ」

独庵は久米吉が何か摑《つか》んだのだろうと思った。

「へい、奴は裏の仕事をやっていやした」

「裏の仕事とはなんだ」

独庵が訊く。

「仲間と金庫破りをやっています」

診療所へ行く前、久米吉は『甘鯛』で勝二郎をつかまえた。

「おい、勝二郎、ゆうべ、柳橋の蔦蕪屋が押し入りにあったそうだな。聞いているか」

「さすが久米吉さん、地獄耳とはこのことだ」

勝二郎によれば、蔦蕪屋のからくり簞笥から三十両が盗まれたのだという。蔦蕪屋の主人しか扱いのわからない簞笥をどうやって開けたのか。しかも店の者はだれ一人、盗みに入られたことに気が付かなかったという。

「まあ、鮮やかな手並みじゃありやせんか。一体全体、何者の仕業なんですかね」

「さあな、とにかく怪我人《けがにん》が出なかったのが不幸中の幸いってもんだ」

「久米吉さん、どうですか、真っ昼間の酒なんていうのは」

「おお、いいねえ。と言いたいところだが、俺はこれから行くところがある。これで一杯やってくんな」

そういって、勝二郎に小銭を摑ませた久米吉は、あばよ、と言って『甘鯛』の暖簾を外に払った。

「そういうことだったのか」

「盗人の奴らは、蔦蕪屋という地本問屋を狙ったんでさあ。大店をやらないところがこの盗人たちの上手《うま》いとこかもしれませんねえ」

「どういうことだ」

「簡単に押し入って盗みやすいところを狙うから、足もつきにくく、帳場簞笥から金を盗み出すから、店の主人もすぐには気がつかねえ」

「なるほど、いっぺんにでかい盗みを働くより、捕まりにくいところで、こつこつとやるわけだ」

「まったくそうなんで」

「よく考えたものだが、それにしても……」

独庵が小首を傾《かし》げた。

「一流の指物師がそんなまねをするとは、なんのためだろうか」

独庵は納得がいかない。

久米吉が帳場簞笥の一件を詳しく話した。

「実は、先日、石造の店へ行ってみたんでさあ。ちょっとおだてたら、石造が調子にのって、自分が作っている帳場簞笥のからくりを、あっしに話し始めましてね」

「ほう。面白そうな話だな」

久米吉が帳場簞笥のからくりを話し始めた。

独庵はあごひげをなでた。

「なるほど、で、そのからくり箪笥は自分一人で作ったものなんだな」

「先生のおっしゃる通りでさあ。自分で作ったものなら、開けるのは朝飯前だ」

「先生、石造が盗みをやっていることと、手の震えは何かつながりがあるんでしょうか」

「市蔵、そこはお前が考えるところであろう」

独庵は叱るように言った。

「はい。そうでした」

独庵は市蔵が自分で考えて、正しい診断にたどりついて欲しいと思っていた。それこそが市蔵が一人前の医者になる道だと信じていた。

「久米吉さん、いろいろありがとうございました」

「いいんだよ、市蔵さん。あっしもまだ知りたいことも出てきたので、また調べてみますよ」

「ほう、二人協力してやるのも面白いではないか」

独庵は人ごとのように言う。石造の病は、すべて市蔵に任せるという態度をはっきり示したかったのだ。

市蔵は久米吉から話を聞いたあと、いても立ってもいられなくなり、診療所から石造の店へ向かった。

今日の明け方、ようやく雨が少し降った。しかし、この暑さで地面はまたすぐ乾いてしまい、砂埃が舞っている。

しかし、市蔵にはこの暑さもあまり気にならなかった。市蔵は、なにがなんでも石造から本当のことを聞きたかった。そこに病を解決する方法もあるように思えた。

目をこすりながら急いだ。

石造の店の前に来ると、ためらうことなく、腰高障子を開けた。

「石造、いるか」

「おっ、これは先生。どうしたんですか」

石造は突然やってきた市蔵に驚いている。

「どうにも、おまえの手の震えが気になってな」

「だめでさあ、やっぱり鑿を持つと手先が震えてしまうんで。細かいことは弟子にやらせて、あっしは、磨きをやっているだけです」

「なんだ。それでは江戸一といわれる指物師が情けないではないか」

「そんなこたあ、わかってますが、どうにもならねえんで」

よく見れば、石造の右手の指が細かく震えている。

「ほう、やはり震えているな、黄連解毒湯や当帰芍薬散《とうきしゃくやくさん》でもだめだったからなあ」

「まったく、困ったもんだ。でも、不思議なことに、何も考えねえでぼんやりしていると、震えが止まるんでさあ」

「ろくでもないことを考えると震えるのか」

市蔵がからかうように言う。

「市蔵さんよ。そりゃあ、ひでえなあ。あっしでもいろいろ考えることはありますす」

「そうか、それは悪かったな」

市蔵は久米吉から聞いた話を、石造にぶつけてみようと思った。

「石造、今日は別な話で来た」

市蔵は目尻を上げた。

「怖《こえ》え顔をするじゃありませんか。どうしたんです」

石造の顔に警戒心が表れている。

「思い当たることはないか」

「どうしたんです、持って回ったように」

石造が舌打ちした。

「お前、金庫破りをやっているんだってな」

　市蔵が単刀直入に言った。

　石造の顔付きが急に強《こわ》ばった。さっきまで小刻みだった手の震えが大きくなっている。

「石造、手の震えがどんどんひどくなっているではないか。どうした。返事をしてみろ」

「なにを藪から棒に。とんだ言いがかりだ」

「そうか、ではなんでそんなに手が震えるんだ」

「びっくりするようなこと言うからでさ」

「自分が何もやっていなければ、驚くこともなかろう。仲間がいるらしいな」

　市蔵は語尾を強めて言い募った。

「あっしには、なんのことやら、さっぱりわからねえ」

「石造、とぼけるのもいい加減にしろ。私の仲間が一部始終を見ていたのだ。私がこれほどお前の震えの治療に手をやき、一生懸命にやっているのに、お前は私に嘘《うそ》をつくのだな」

「そんなことを言われても、身に覚えのないものは知らねえと言うしかありませんよ」

石造は白《しら》を切った。

「まあ、いい。じゃあなぜ、お前の女房はあんなにいい着物を着ている。いくら腕がよくてもあれほどの着物を買うことはできないだろう。それにお前の煙草入れの金の根付。それも値が張る代物にちがいない」

「女房の着物は、奴の無愛想が改まればいいと思って買ってやったものでさあ。根付はこの間も言ったが、義父にもらったもんだ」

「なるほどものは言いようだ。しかし、あの帳場簞笥はお前の作ったものらしいな。帳場簞笥のからくりを知っているのは、お前とそれを買った客しかいないはずだ。帳場簞笥から金がなくなっているのはどういうことだ」

「なーに、指物師だったら、大抵のからくりはわかりまさあ」

「本当のことを言え。どうしてそんなに金がいるのだ。仕事を真面目にやっても返せないくらいの借金があるんじゃないのか」

市蔵は石造を問い詰めた。

「何を言い出すんでえ」

「借金でもなきゃあ、人は泥棒などしない。何事もなければ、その腕だ、暮らしに困ることなどあるまい。だからお前が余計な借金を背負ったとしか思えないのだ」

市蔵が石造の顔をじっと見た。

石造はしばらく黙っていたが、こくんと頷いた。不思議なことに、石造が諦めたような様子になると、手の震えも止まっていた。

「わかりやした。言いまさあ。義父の桐三郎は鍍金職人としちゃあ腕がいい。ところが、稼いだ金を博打《ばくち》につぎ込んでしまい、とんでもない借金を作ってしまったんでさあ」

「それをお前が返そうとして、盗賊の一味に加わったというのだな」

「あっしの稼ぎじゃとても返せるような金じゃねえ。お前の手先の器用なところを活かせと言われて、ついやっちまったんでさあ」

「馬鹿なことをしたものだ。腕がいいんだから指物師の仕事をすればいいではないか」

市蔵は溜息《ためいき》をついた。

「市蔵さんよ。だから手の震えを治してくれりゃあ、俺だって、もっとましに仕事ができるようになるんだ」

市蔵は石造にそう言われてしまうと次の言葉が出てこなくなった。

しばらく沈黙していたが、

「もう馬鹿なことはやるんじゃないぞ」

石造に釘を刺した。

「わかってまさあ」

石造はうつむいたままつぶやいた。

「指物師の仕事をしっかりやるんだぞ」

しつこく念を押して、市蔵は店を出た。

6

久米吉が蕎麦屋の『甘鯛』の中に入っていくと、すぐに声がかかった。

「おっ、久米吉さんよ。待っていたぜ」

勝二郎はほろ酔いで板座敷に座っていた。

「今日は面白え話があるんで」

「どうしたんでえ」

「この間、帳場簞笥の盗人の話をしただろう」

　勝二郎のろれつが心許《こころもと》ない。

「そうだったな」

「それが、今度は俺にも誘いが来てな」

「まさかお前、仲間になるんじゃあねえだろうな」

「はは、馬鹿言うねえ。そこまでおれは落ちぶれちゃいねえ」

　手にしていた徳利をドンと置いた。

「ほう。それはいい心がけだ」

「ただ、どうもかなりでかい話のようで、それで俺にも声がかかったようだ」

「どういうことだ」

「南伝馬町《みなみてんまちょう》一丁目の白文字屋《しろもじや》に明後日押し入るんだと。あそこは廻船《かいせん》問屋から始まって、呉服屋をやり、いまじゃ大名貸をやっているくれえだから、金が余っているんじゃねえか。それに日本橋の越後屋《えちごや》と同じで、掛け売りなしでやるから金が金庫にうなってるってことだ」

「なるほど、金はあるところにはあるもんだ」

「金が喉から手が出るほどほしいところだが、ここで飲んでいるだけなら、そんな大金はいらねえ。このところ絵も売れ始めているし、絵師で稼がせてもらいまさあ」

「そりゃあいい。勝二郎の腕はなかなかなもんだぞ」

久米吉がおだてる。

「久米吉さんにそう言ってもらえりゃ、俺も太鼓判を押されたようなもんだ」

「絵師は地味な仕事だ。それでも、まあ、絵が売れれば苦労も吹っ飛ぶ。大きな仕事がくれれば、しばらく食いっぱぐれもねえ。さては、お前、大仕事が入ったな」

盗人の話にのらない勝二郎の肩をつついた。

「さすがだなあ。久米吉さんよ。実は深川の心行寺《しんぎょうじ》の襖絵《ふすまえ》を頼まれてよ。これで一年は食えるってもんよ」

「たいしたもんじゃねえか。あそこは立派な寺だ。珍しく景気のいい顔をしていたから、何かあると思っていたんだ」

「まあ、こんなありがてえ話が、たまにはおれに巡ってきてもバチはあたらねえってもんだ」

「よかったな、勝二郎さんよ」

久米吉は勝二郎から聞いた話を独庵に伝えなければ、と思っていた。

夜、風が涼しくなったところで、久米吉は独庵の診療所にやってきた。

潜戸《くぐりど》を叩くと、すずが、

「久米吉さん、こんな刻限にどうなさったのですか」

と、言いながら潜戸を開け、久米吉を中に入れた。

「すずさん、どうして俺だとわかったんだ」

「人それぞれ、潜戸の叩き方が違います」

久米吉は一瞬目を細めたが、いつもの柔和な顔付きにもどると、

「独庵先生に急な話があってな」

「先生はまだ控え室で書物を読んでいるはずです」

「そうか」

控え室の前まで行き、久米吉は片膝をついて、

「先生、よろしいでしょうか」

声をかけた。

「どうした。中へ入れ」

久米吉は障子を開け、控え室に入った。

驚いたことに、独庵はなにやら箱をいじっていた。

「いったいぜんたい、その箱はなんでございますか」

「茶櫃《ちゃびつ》だ。よくできておる。江戸の指物はたいしたものだ」

「あっしには、ただの箱のように見えますが」

久米吉は独庵が感心している意味がわからない。

「そうだろう。そこがミソだ」

「どういうことでしょう」

久米吉は独庵が何を言いたいのかわからず首を傾げた。独庵がこんな思わせぶりな振る舞いをするときは、何かがわかってきた時だ。

「これはからくり茶櫃だ」

「といいますと」

独庵は器用に底の板をずらし、さらに横の板を押した。続いて四カ所くらい板をずらすと、茶櫃の横が開き、小さい隠し引き出しが出てきた。

「こいつは驚いた。その手順を先生が見つけたんで」

「そうだ。朝からいじっていたが、ようやくさっき開いた」

「なるほど、それが帳場箪笥のからくりなんですね」

「そうだ。これよりもっとややこしいことになっているはずだ。開くのに半日もかかっては盗人も商売にはならんだろう」

独庵は茶櫃を置いた。

「そういうことでしたか。何度もやっていれば開くかもしれねえが、時間がかかっちまったんじゃ、金庫破りも諦めるってえもんだ」

「そうだ。からくり箪笥は絶対に開かないのではなく、時間稼ぎをすることで金庫破りを防ぐというわけだ。で、何かあったのか」

独庵が久米吉を見た。

「先生、どうもでかい金庫破りがありそうで」

「間違いないのか」

「へい、仲間に誘われた奴がおれに話したんでさ」

「いつだ」

「明後日の夜です。盗人には好都合の闇夜ですから」

「そうか。石造が動くかどうかだな。市蔵の話では、もう金庫破りはやらないと言っているようだが」

「どうでしょうかね」

久米吉は信じていないようだった。

「義父の借金を返すというのは、本当のことかな。どうも納得がいかん」

独庵はあごに手をやった。

「何かもっと裏があると、先生は思っているんで」

「石造は盗賊の一味かもしれんが、帳場箪笥のからくりを作るくらいの職人だ。元は実直な男だろうから、だれかに操られているかもしれんな」

「といいますと」

久米吉が身を乗り出した。

「そこはまだわからんが、お前の言うでかい話はそれを解く手がかりになるかもしれん」

独庵は考え込む。

「明後日の夜は、どうしやしょう」

「まあ、見逃すわけにはいくまいて」

独庵はすっかりその気でいるようだった。

7

翌日の夜、独庵は小料理屋『浮き雲』で、夕飯を食べていた。

そこへ久米吉がやってきた。

「どうしたんだ」

独庵が浅蜊《あさり》飯を食べながら訊いた。

「すずさんに居場所を聞いてきたんですが、先生が何を心配していたかわかってきました」

奥座敷にいた独庵の前に、久米吉が珍しく息を切らしながら座った。

「石造の裏がわかったのか」

「石造は博打の借金を返すために、盗賊仲間と金庫破りをやってますが、義父に金を貸したのは、闇烏《やみがらす》の八十八《やそはち》と呼ばれる盗賊の親分でさあ」

「なんだ、その闇烏というのは」

「闇夜の烏のように姿を見た者がいない、ということらしいんで」

「つまり、義父は八十八の仲間内ということか」

独庵の指先が文字を書くように動いた。

「そうなんでさ。義父は博打で負けて借金したと言ってますが、ところがどっこいそれは真っ赤な嘘でやす。石造を引っ張り込んで金庫破りをやらせるために、一計を案じたんでさあ。人がいい石造はそれがわからねえ。とにかく、奴は義父を助けたい一心で泥棒稼業をやっているんでしょう」

「では、石造の心の隅には悪いことをしているという気持ちがあるのだな」

独庵は念を押した。

「その通りで。あれだけ腕のいい石造が金ほしさに盗人をするとは、理屈に合いませんし」

独庵は久米吉の言葉に大きく頷いた。

「なんとしても、明日は盗みの現場に行くしかないな」

「それより、石造に盗みをやめるように言ったほうがいいんじゃねえですか」

「いや、奴の手の震えを止めるには、盗みの現場のほうがいい」

「どういうことです。盗みを働くと手の震えが止まるとでも言うんですかい」

「まあ、それは私に考えがある」

「そのあたりはあっしにはわかりません」

「久米吉は、白文字屋の番頭に事情を話して、我々が前もって店に入れるようにしてくれ。それから、店の中で隠れる所も探しておいてくれ」

「へい、わかりやした」

「明日の夕暮れ前に店の中で待とうではないか」

「奴らも驚くでしょうねえ」

久米吉はにやりとした。

「よし、頼んだぞ」

独庵は立ち上がると一足先に『浮き雲』を出た久米吉を追うようにして、診療所に戻った。


診療所に戻ると、独庵は市蔵を呼んだ。

「なんでございますか」

「石造のことだ」

「何かわかったのですか」

市蔵の声にいまひとつ元気がない。

「どうした、すっかり自信を失ったか」

独庵が珍しく優しい声で聞いた。

「いいえ、そういうわけではございません」

「誤診を恐れていては、医者は務まらないぞ」

「それは、わかっております」

「いや、わかっておらん」

独庵は打って変わって腹に力を入れて、響くような声で言った。

市蔵は独庵の威圧的な声で、さらに萎縮している。

「申し訳ございません」

「馬鹿者、なんでも謝ればいいというものではない」

独庵の大声で障子がビリビリと音を立てた。市蔵はこれまで独庵がこれほど大声で怒ったのを見たことがなかった。

「はっ、はい」

市蔵はどうしていいかわからなかった。

「お前は、石造の診断に思い悩んだ末、たまたま読んだ書物を当てはめて、すっかり自分の冷静な判断を見失ってしまった。しかし、それは医者にはよくあることだ。重要なことはそれに気がつき、道筋を直せるかどうかだ。ところがお前は石造の仕事場に行き、さらにその間違った見方を信じるようになった。そうなってしまうと、もう誤診からは逃れることはできない。単に見落としや知識のなさだけで、誤診が起こるわけではない。人は冷静で広い考えがないと、どうしても一方的な見方になってしまうものだ」

「自分がたまたま読んだ書物のせいで、同じような患者を見つけ、自分の知識のほうに患者を近づけようとしてしまいました」

独庵は市蔵の話を聞いて、少し安心したのか、穏やかな口調に戻ってきた。

「そうか、ようやくわかってきたのか」

「私が間違っておりました」

「明日、石造が盗みに入るはずだ。どうやら、やめられないわけがあるようだ」

「どういうことでしょうか」

「石造はお前に義父の博打の借金を返そうとして盗みを働いていると言ったようだが、実は、義父と盗人の親分がしめし合わせて、石造を騙《だま》し、盗みを働かせていたらしい」

「えっ、そうだったのですか」

市蔵はがっくりと肩を落とした。

「人のいい石造は、義父の話を真に受けた。女房の親のために、自分で作った簞笥を自分で開ける決心をしたのだ」

「それではあの手の震えは、それとなにか関わりがあるとおっしゃるのですか」

市蔵は自分の考えが浅かったのかと思った。

「明日、石造の手の震えの原因もはっきりさせる。我々は明日夕暮れまでに白文字屋の店に行き、夜、石造たちが押し入ってくるのを待つことにする。市蔵、お前も来るのだ」

「もちろんでございます」

市蔵は独庵の考えが少しわかってきたような気がしていた。

8

夕刻になる前に、独庵たち三人は、白文字屋に上がり込んだ。久米吉が話を通してあったので、番頭は委細承知と請け合った。

警戒されないように、なるべく普段と同じように振る舞うように言われていたので、番頭はいつものように暮六つ（六時）になると店を閉めた。

通いの番頭は店を出るときに、独庵たちが隠れている、帳場の隣にある部屋の襖の隙間に目をやった。独庵の顔を見るとかすかに頭を下げて出て行き、カチャリと外から鍵をかける音がした。

店内には誰もいなくなり、前の通りも人の気配が減ってきた。

「静かですね」

静寂に耐えきれずに市蔵が言った。

独庵は黙って頷いた。

「奴らが来るとすれば、もっと遅くじゃねえですかね」

久米吉が小声で言う。

「夜八つ（二時）に夜回りがやってくるから、その前に来るだろう」

独庵が答えた。

昼間なら独庵たちがいる部屋から、ちょうど帳場箪笥が見えるはずだ。いまは暗闇となって、何も見えない。

閉め切った部屋は、さすがに汗が滲《にじ》んでくる。

「奴ら、本当に来ますかね」

市蔵は落ち着かない。独庵が何をどうしたいのか、さっぱりわからない。

夜九つを過ぎたころ……。

カチャ、カチャと音がする。

木戸の鍵を開けようとしているのだろう。

木戸がスーッと開いた。

提灯《ちょうちん》を差し出し、高く上げる。

独庵たちは障子の隙間から、三和土《たたき》をのぞく。

提灯を持った男と、石造がその後ろにいた。

「そこだ」

提灯で男が帳場箪笥を照らした。

「ああ、あれはあっしが半年前に作ったやつだ」

石造は三和土から上がり、帳場箪笥の前に座った。

「今日のは開けるのに時がかかるか」

提灯を持っていた男が言う。

「そうだな。これは十ばかり板を滑らせねえと開かねえ」

「そんなにかかるのか」

「それにその順を間違えると、そこから先は動かなくなる仕組みだ」

「てえしたもんだな。そんな真似《まね》ができるとはな」

「見損なうねえ、おれは江戸一の指物師だぞ」

「つべこべ言わずに早くやっちまえ」

「わかってらあ」

石造は帳場箪笥の隅をいじりだした。すると、さっきまで震えていなかった指先が、大きく揺れ出した。

「なんでえ、震えてるじゃねえか」

「くそっ。盗みをやろうとすると指先が震えちまうんだ」

「とにかく開けてみせろい」

男がせっつく。

そう言われると、石造の指先はますます震えがひどくなって、帳場箪笥がガタガタ音を立て出した。

「ばかやろう。そんな音を出したら見つかっちまう」

「だめだ」

石造が溜息《ためいき》をついたときだった、襖が開いて、独庵が出てきた。

「石造。何をしている」

提灯が独庵の顔を照らした。

「だれでえ、おめえは」

提灯を持った男が身構えた。

独庵の横に立った市蔵が叫んだ。

「私だ。わかるか」

「なんで市蔵さんがここにいるんだ」

石造は大きく目を見開いて、独庵たちを見た。

「ここに押し入るのはわかっていたんだ。馬鹿なことはやめろ」

市蔵が言った。

「お前ら、俺とやろうってのか」

提灯を持っていた男は、提灯を置くと、脇差しに手をやった。

「やめておけ」

独庵が制した。

「うるせえやい。手前らが何者か知らねえが、俺たちのことを知られて、そのまま帰すわけにはいかねえ」

「やめておけ」

久米吉が一喝したが、男は脇差しを抜くと、独庵に襲いかかった。

独庵はひょいと身をかわし、男の腕を捕まえると、ねじ伏せた。脇差しが床に転がる。

「あきらめろ」

独庵に押さえ込まれて、すっかり戦意がなくなった男が力を抜いた。久米吉が紐《ひも》で手首を縛った。

店の外で物音がしたので、市蔵が外を見に行くが、すでにだれもいなかった。

「見張りでしたかね、逃げられました」

市蔵が言った。

「こいつを両国橋の橋番所に突き出してやれば、どうせ仲間もわかるだろう」

独庵が言った。

手を縛られた男が、

「石造、おめえのせいだぞ」

悔しそうに言った。

独庵は、置いてあった提灯を持って、石造の顔を照らした。

「お前の手が震えるわけがこれではっきりしたぞ」

「なんでえ、いまさら説教など聞きたくねえや」

石造は嚙《か》みつくような言い方をした。

「石造、独庵先生は江戸で有名な医者だ。私の師匠だ」

市蔵が嚙んで含めるように言った。

「それがどうした。病の診断のためにおめえたちは、わざわざこんなところで待っていたとでも言うのか」

呆《あき》れたように石造が言う。

「そうだ。私が手の震えのわけを考えあぐねているのを見て、独庵先生が、助け舟を出してくれたのだ」

「そうかい、それでわけがわかったか」

石造がどかっとあぐらをかいた。独庵も前に座って語り出した。

「おまえの手の震えは、盗みをやろうとすると現れる。悪いことをしていると心で思っているから震えるのだ。まあ、それだけ、お前には良心が残っているということだ」

「そりゃ、俺だって、多少良心は残っていらあ。だが、なぜ指物の仕事の時でも手先が震えてしまうんでえ」

「それは、お前の心に盗人をやっているという、やましい思いがあるからだ。その良心の煩悶《はんもん》が普段の仕事でも手先を震わせるのだ」

「そんなことがあるもんか」

石造は首を横に振った。

「いや、人の心はからだの動きに関わってくる。心穏やかなら、手先が震えることはない。心の中に迷いがあれば、それが指先に出る」

石造が手先を見つめる。震えが始まっている。

「そうか、そういうもんか」

石造は多少なりとも独庵の話がわかってきたようだった。

「今夜限りで盗みを止《や》めれば、お前の指の震えは止まり、また仕事ができるようになるはずだ」

「そんなことは信じられねえ」

石造は嘯《うそぶ》いた。

「信じられずともよい。お前がもう盗みを止めたと自分で決心すれば、手の震えは必ず消える。それにな……」

独庵は言葉に含みを持たせた。

「まだ何かあるのけえ」

「お前は義父の借金を返すために、金を稼ごうと思って盗人をやったのだろう」

「ああ」

「ところがな、借金は真っ赤な嘘で、お前に盗みを働かせている親分と義父はつるんでいたのだ。二人はおまえの仕事を悪用しようと思いついた。お前を引っ張り込もうと、義父の借金という話を作り上げたのだ」

「そんな馬鹿な」

石造は信じられないという顔で独庵を見た。

「まあ、義父を問い詰めてみるんだな」

「まさか……」

「お前は腕のいい職人だ。これからは、それを活かせ」

独庵はそう最後に言うと、市蔵たちに目をやった。

「じゃ、行きますか」

久米吉が言う。

独庵は頷き、

「久米吉、石造を連れて、番所にこの男を突き出してくれ。与力の北澤様には私のほうから願いを出しておくから、石造は悪いようにはされないだろう」

独庵たちは石造たちと外に出た。

深夜になってもまだ外は暑かったが、独庵たちの気持ちは軽くなっていた。

9

金庫破りの現場で石造を見てから、数日が経っていた。

診療所に独庵と市蔵がいた。

「御奉行じきじきの詮議があった。黒川《くろかわ》様のご配慮で、石造はお咎《とが》めがなかったようだ。石造は今どうしている」

独庵が市蔵に訊いた。

「石造の女房は出ていってしまいました。実父の嘘が発覚して耐えきれなかったのでしょう。その代わり若い弟子が石造のところに集まり始めて、石造は仕事に励みながら教えているようです。それができるのも、まったく手の震えが止まっているからです」

「やはりな」

「そんなに心の変化で違うものなのでしょうか」

「病は、からだの中から起きてくるものだが、心の中からも起こるのだ。自分ではそれに気がつくことができない。それを助けるのが医者の役目だ。そのためには、患者の振る舞いだけでなく、その後ろにあるものを知らねばならない」

「私はまだ、未熟でございました」

「いや、お前が石造の仕事場まで行ったことは正しい。その姿勢が大事なのだ。病の元は患者自身かその周りに必ずあるものだ」

「わかりました。しかし、なぜ石造の手の震えをそんなに先生がご心配なさったのでしょうか。わざわざ金庫破りの現場に行き、私にその震えを見せるなど、私にはそこがよくわかりません」

　市蔵は独庵が自分のためにそこまでやってくれたことがうれしかったが、そのわけも知りたかった。

「病の起こるところを見ないことには、医者は診断のしようもないし、診察室だけが診断の場ではないことをお前に知ってもらいたかったのだ」

「そういうことでしたか」

「お前もだいぶ医者らしくなってきた。誤診を恐れるでない。信念を持って医者をやっていくのだ」

「はっ」

　市蔵は深々と頭を下げた。独庵は市蔵の姿を眺めながら、次第に医者らしくなってきた自分の弟子の成長がうれしかった。

蟬《せみ》の鳴き声が油蟬《あぶらぜみ》から、寒蟬《かんせん》に変わり始めたころ、独庵のところに島桑の三段の小引き出しが届いた。

市蔵が抱えてきたのは石造の力作だった。どこから見ても隙のない正眼の構えを見るような姿形だった。

「ほう、さすが江戸一の指物師の仕事だな」

独庵はそれを診察室に持って行き、薬入れとして使うことにした。

島桑の小引き出しは、診察室で凜《りん》とした佇《たたず》まいを見せていた。

第四話　家督（秋）

1

暗闇の中で、ざっざっと枯れ葉を踏む音がした。

羽織を着た二本差しの男が、供の者三名を連れて、独庵の診療所の前に立った。

供の者が潜戸《くぐりど》を叩《たた》き、

「頼もう」

と呼んだ。闇に声が滲《し》みていくようだった。

「はい、どなた様でしょうか」

すずの問い掛けに応えて落ち着いた声が響いた。

「私、陸奥《むつ》にあります三上《みかみ》藩藩主吉益芳洲《よしますほうしゅう》様の家臣梅沢庸渡《うめざわようと》と申す。独庵先生にご相談があって参った」

すずは慌てて潜戸を開けた。

「どうぞ、中へお入りください」

「夜分、失礼する」

診療所に武士が訪ねて来ることは、めったにないので、すずは内心驚いていた。

供の者は玄関で待っていたが、梅沢は待合室に通した。

「ここでお待ちくださいませ。いま先生を呼んで参ります」

待合室はかなり冷え込んできていたが、それでも梅沢は表情ひとつ変えない。

大きな足音が響き、独庵が現れた。

先に梅沢が頭を下げ、

「私、三上藩藩主吉益芳洲様の家臣で梅沢庸渡と申します。夜分ながら、独庵殿にどうしてもお願い事があり、参りました」

梅沢は羽織袴《はかま》で、歳《とし》は四十を超えたところであろうか、整った顔立ちに品性を感じさせるが、威圧感もあった。これほどの者をよこすということは、かなり重要な用件なのだろうと、独庵は察した。

「どうなさいましたかな」

三上藩は仙台藩の隣りにある、八万石の大名だ。

独庵は仙台藩にいたとき、吉益芳洲にはずいぶん世話になっていた。

独庵は梅沢を診察室に招いた。

二人は向かい合わせに座った。

「日中、人目につくとまずいので、こんな遅くにお伺いをした次第です」

「それはそれは。よほどのことでございますな」

独庵は、梅沢の深刻な顔を見て、いつも廊下で立ち聞きしている、すずに、

「部屋へ行きなさい」

障子越しに言った。すずの影が動いて消えて行った。

「かたじけない。実は先日、藩主吉益様が病に倒れまして、先生にぜひ診ていただきたいのです」

「それは一大事でございますな。で、ご容態はどのようでございますか」

独庵の質問に梅沢は一刻、間をおいた。

「江戸城内で突然倒れまして、そのまま上屋敷までお運びし、お寝かせしております。

呼んでもなかなか返事をなさいません」

「なるほど、急に倒れたのですな。中風《ちゅうぶう》だったのでしょうかな。今日でどれくらい経《た》っていますかな」

「七日ほどでしょうか」

「うむ、七日経って、その容態ではかなり重いと考えるべきでしょう」

梅沢は頷《うなず》き、

「だからこそ先生に診ていただきたいのです」

「ご家中には、確か藩医の南淵《なぶち》先生がいらしたと思うが」

「もちろん、南淵先生に診てもらっておりますが、藩内から江戸で有名な独庵先生に一度、診断してもらったほうがいいのではないかという声が上がってきまして、今日、ここに参ったわけです」

「なるほど」

独庵は南淵をよく知っていて、優秀な医者であることもわかっている。それなのに、なぜ自分を呼ぶのか不思議に思った。

「吉益様には、ずいぶんお世話になっておりますから、お断りするわけにもいきませんな」

梅沢の思い詰めたような表情が気になった。

「ありがたいお言葉。藩内一同、安堵《あんど》するかと思います」

独庵は何かあると、直感していた。

「それでは明日、迎えの駕籠《かご》を御用意いたしますので、よろしくお願いいたします」

梅沢は深々と頭を下げて、帰って行った。


独庵は吉益芳洲のことを思い出していた。

仙台藩の藩医となって四年目の時だった。診ている家臣が疱瘡《ほうそう》にかかり、容態が悪化して、独庵の手に負えなくなった。仙台藩の典医が、藩主の病の治療に専念しており、仙台藩では、これ以上の治療ができないということになった。そこで三上藩に疱瘡の名医がいるということで、独庵が患者を三上藩に運び、なんとか一命を取り留めた。その時の三上藩の藩主が吉益芳洲であった。芳洲は独庵の願いを快く承知してくれた。

独庵の機転によって、仙台藩の家臣が救われたのはよかったが、芳洲に大きな借りを作ったことにもなった。独庵の中には、いつかこの借りを返さねばという気持ちがあったのだ。

2

早朝、迎えの駕籠が独庵の診療所の前に着いた。早々と支度を済ませていた独庵は急いで駕籠に乗り込んだ。

いつもなら代脈の市蔵が同行するが、今日は診療所に留《とど》まるように言った。それは昨晩、梅沢の表情から、内密にしてもらいたいという気持ちを察したからだ。市蔵は怪訝《けげん》な顔をしたが、何も聞こうとはしなかった。

三上藩の上屋敷は芝の柴井町《しばいちょう》にあった。大きな藩ではなかったが、生糸づくりが盛んで、財政の面では潤っていた。

独庵が仙台藩にいたとき、診ていた疱瘡の患者が救われたのは、三上藩の潤沢な資金力により、貴重な薬が手に入ったことも幸いした。

駕籠が三上藩の上屋敷に着くと、門前で独庵は駕籠を降りた。門は開いていて、梅沢がすでに待っていた。

無言で、梅沢は邸内へ先導していく。

いくら藩主が病に倒れたとはいえ、どこか心ここにあらずといった様子が気になった。

　玄関まで歩き、屋敷の中に入った。長い廊下を行き、奥の部屋まで案内される。部屋の前には家臣が座っている。

　独庵は頭を下げ、梅沢の促すまま、部屋の中に入った。

　吉益芳洲は、部屋の真ん中に敷かれた布団に寝ていた。その両側には家臣がひとりずつ座っている。

「御診察をお願いします」

　梅沢が頭を下げた。

　部屋はしわぶきひとつない。

　独庵は、まず芳洲の顔を見た。目は閉じられ窪《くぼ》んでいる。皮膚からは赤みが消え、口が僅《わず》かに開いているが、息をしていない。

「芳洲様、独庵でございます」

　声を掛けるがまったく返事はない。

　独庵は一瞬言葉を失う。

　吉益は目を閉じたままだった。

「死んでいるではないか」

独庵は驚いて梅沢を見た。

「いや、生きておられます」

梅沢は表情を変えずに言う。

「馬鹿な。なにを言っている。いつ死んだのだ」

独庵は芳洲の手足を上げようとするが硬直していて、動かない。

「どういうことだ」

独庵の声が部屋に響く。

梅沢は畳に頭をこすりつけるようにして、

「殿は生きておられます」

と、繰り返した。

独庵はしばらく呆《あき》れたように、梅沢を眺めていたが、次第に状況がわかってきた。

「そういうことか」

独庵はこくんと頷いた。

「おわかりいただけましたか」

「なるほど。生きていると私に言わせたいのだな。芳洲様には御長男がいらした。確か定済《さだすみ》様といわれたな。何歳になる」

「実は昨年、麻疹《はしか》でなくなっております」

梅沢が苦しそうに言った。

「なんと。そうか、ではご次男がいらしたな」

「次男の富章《とみあき》さまも、三年前に亡くなっております」

梅沢は下を向いたまま言った。独庵はことの重大さがわかってきた。

「嗣子がいないのか。芳洲様はおいくつだ」

「六十九歳でございます。以前は五十歳以上の末期養子《まつごようし》は認められませんでした。しかし、いま年齢は問われません」

「末期養子か」

「嗣子がおりませんので、養子を考えておりましたところ、芳洲様が突然の病となりまして、家臣一同慌てております」

梅沢はすがるような目で独庵を見た。

末期養子とは、武家の当主が急な病や事故で死に瀕《ひん》したときに、お家断絶を防ぐために、緊急の養子縁組をすることである。江戸初期のころはそれが認められておらず、後継ぎがいなければ、改易ということが多かった。しかし、改易によって家臣たちが浪人となって治安が悪くなることから、末期養子が認められるようになった。実際には亡くなっていても、生きているようにみせかけて時を稼ぎ、養子縁組をして跡を継がせる。新藩主の将軍お目通りがかなえば藩は存続する。

「なんと、まだ養子が決まっていないというのか」

「左様でございます」

「いかがなさるおつもりだ」

「芳洲さまの弟君のご嫡男宝善《ちゃくなんほうぜん》様を養子にと、以前から考えており、話は進んでいました」

「では、まだ正式に話がまとまったわけではないのだな」

独庵が念を押した。

「どれくらいで話がまとまるのだ」

独庵はひとつ溜息《ためいき》をついた。

「あと十日ほどかかります」

「それほどかかるか。二、三日であれば、ごまかすことはさほど難しくはあるまい。しかし、十日とは……」

独庵はあごひげをなでた。

「いろいろ手を打ちましたが、どうしてもそれくらいかかるのです」

「しかし、判元見届《はんもとみとどけ》があるのではないか」

独庵が訊《き》いた。

判元見届とは、役人が藩主の生存を確認して、養子縁組の意思を確認することだ。

「もちろんでございます。しかし、判元見届はすでに形式的な儀礼となっております。なんとかなるかもしれません」

「そうなのか。やたらに改易して路頭に迷う者を増やしたくない公儀にしてみれば、目をつむるしかないのであろうな」

独庵も公儀のそういった動きはいろいろ聞いていた。

「でございますから、なんとかあと十日ほど芳洲様がご存命ということにいたしたいのです。そのためには、独庵殿のような高名なお医者様が往診に来ている、つまりまだ生きているということを世間に知らせておきたいのです」

「そういうことだったか」

だが、隠し通せるのか独庵には自信がなかった。

「これを切り抜ければ、三上藩八万石が救われます」

梅沢は涙を流している。

「わかった。努力してみよう」

　独庵はここで断ることはできないと思った。

「ありがたいことです。芳洲様もきっと喜んでおられます」

　梅沢は両手を畳について言った。

「私も芳洲様には、大変な時に救っていただいた。ここでお役に立たねば申し訳ない」

「なにとぞ、よろしくお願いいたします」

「ただ、このままでは芳洲様のご遺骸は腐敗していく。水銀を口、目、鼻などに詰め、あとは石灰と塩をからだの周りに敷き詰めたほうがいいだろう」

　独庵は冷静になって、防腐の方法を説明した。

「なるほど、なるほど。わかりました、すぐにやらせます」

「あとは毎日、茶で、からだを拭いておくとよい。死臭など漂うと、それだけで怪しまれてしまう」

　独庵は先を読んで指示を出した。

「おっしゃる通りでございます。早速、とりかかります」

　梅沢は家臣に目配せをした。

「はっ」

と、家臣の一人が返事をして部屋から出て行った。

「このことはだれが知っているのだ」

独庵は確かめた。

「私と、いまの家臣の横峰正勝《よこみねまさかつ》、この者は太田忠正《おおたただまさ》。それに廊下に座っておりました丸園文之《まるぞのふみゆき》です」

「言うまでもないが、それ以外の者はここに入らせてはならぬ。中風ではなく疱瘡《ほうしん》だと言っておいたほうがいい、そうすれば面会はすべて断れる」

「はい、私もそのように考えております。見舞いの客も多いのですが、疱疹と言っておけば、顔を合わせなくとも、怪しまれることはないかと思います」

「よし、それでいこうではないか」

独庵はそう言うと、芳洲に向かって両手を合わせて頭を下げた。しばらくそのままの姿勢だったが、ゆっくり立ち上がって部屋を出た。

3

独庵は浅草諏訪町の診療所にもどると、診察室で市蔵と対座した。

「先生、どうでしたか」

市蔵が心配そうに訊いた。

「吉益芳洲様は中風ではなく、疱瘡だった。しかし、重症でなかなか厳しい容態だ」

市蔵にも本当のことは言えなかった。

「疱瘡でも、胸を患いますと、なかなか厄介なことになります」

市蔵なりの診断をした。独庵はさらに詳しい症例を言いたくなった。

「まあ、そうだろう」

曖昧な返事をして、黙った。市蔵は独庵の胸の内を察したのか、それ以上は訊かなかった。

「先生、北澤様がみえました」

障子越しに、すずの声がした。

北澤幹次郎《みきじろう》は北町奉行所の与力だ。独庵は突然の来訪のわけをすぐに察した。

「通してくれ」

診察室から返事をすると、市蔵は部屋から出て行き、入れ替わるように北澤が診察室に入ってきた。

「これは北澤様、どうなさいました。わざわざ診療所にいらっしゃるとはお珍しい」

独庵はおおげさな身振りで言った。

「独庵殿が三上藩に往診に行ったと聞きましてな」

なんと、あれだけ内密にしておいても、自分の動きがすでに町方に知られているとは……。独庵は内心穏やかでなかったが、顔色を変えずに、

「ご存じかと思いますが、三上藩主吉益芳洲様が城内で倒れて、いま上屋敷で療養なさっております。三上藩の梅沢様からどうしてもという往診の依頼をうけましてな」

「さすが、江戸の名医。独庵先生にお声がかかるのは無理もございませんな」

北澤が明らかに探りを入れてきているのがわかる。独庵は心して自然に振る舞った。

「私の力でどうすることもできませんが、しばらく往診で診させていただくことにいたしました」

北澤は身を乗り出し、耳打ちでもするかのように、

「で、吉益様の具合はどうなのだ」

訊いてきた。

「容態は落ち着いております」

詳しいことはできるだけ言わないようにした。

「そうか、容態はよろしいと」

「はい。私は疱瘡と診断いたしました。疱瘡は胸の病など起こらねば、命には別状なく済むものですが、いまはなんとも言えません」

「病というのは、なかなか先が読めぬからなあ。独庵殿でも難しいものであろう」

北澤はわかったような言い方をしているが、もっと探りを入れたいところなのだろう。

「私のような町医者に診療の依頼を頂き、もったいない話だと思っております」

「何を言うか。謙遜も度が過ぎると嫌味になるぞ」

北澤は笑って、立ち上がると、

「また、なにかあったら教えてくれ」

そう言い残して、帰って行った。

独庵は唇を嚙《か》みながら、あごひげをなでた。自分が毎日往診に行くのはいいとして、どこまで秘密を守ることができるのか、心配になってきた。

「すず、久米吉を呼んできてくれ」

独庵は策を練る必要があると思った。

すずが田原町の長屋に呼びに行き、半刻《はんとき》が過ぎたころ、久米吉が診療所にやってきた。

久米吉は診察室に音もなく入ってきた。

「先生、なんでございましょう」

「久米吉、頼みがある」

「へい」

立て膝のまま返事をした。

「実はいま、三上藩の吉益芳洲様を往診してきた。私が吉益様のところへ往診に行くことで、いろいろ噂《うわさ》が飛んでいるようだ。というのも、北澤様が先ほどやってきて、探りを入れてきた」

「話がよくわかりませんが」

「悪いが、いま詳しい話はできない。まあ、知らないほうがいい。どうやら私の動きを探っている連中がいるのは確かだ。それを調べてくれ」

「もちろん、詳しいことは伺いません。わかりやした」

「私はしばらくの間、三上藩の上屋敷に往診に行かねばならない」

「先生も大変でございますね。大丈夫です。あっしが先生を見張っていますんで」

「頼んだぞ」

久米吉が独庵に詳しいことを訊くことはない。独庵の頼みに対して、久米吉は動くだけだ。もし、自分が内情を知ってしまうと、自分が責めを受けて問われたときに、黙っていることが難しくなるとわかっていたからだ。

4

翌朝、また迎えの駕籠が来た。

独庵はそれに乗り込み、三上藩の上屋敷へ向かった。

久米吉は半町（約五十メートル）ほど後から、駕籠を追った。駕籠が芝の上屋敷に着くと、独庵は門から堂々と入って行った。

梅沢から目立つように振る舞ってくれと言われていた。

こそこそと往診などにいけば、かえって怪しまれてしまう。あくまでも、治療をしに来ていると、世間に知らせる必要があった。

芳洲が横たわっている部屋へ行くと、昨日とは変わって、遺体には防腐処理が施されていた。独庵が指示したように、鼻や口には水銀が詰められているようで、綿で栓がしてあった。

からだの周りには、塩が敷き詰められている。幸い季節は冬に向かっており、腐敗を遅らせるには助けになった。

芳洲の枕元に座っていた梅沢は、

「あと九日でございます。独庵先生にはまことにお骨折りでございますが、なにとぞよろしくお願いいたします」

丁寧に頭を下げる。

「わかっております。しかし、このことは本当に家臣三人以外、知らないのですな」

「もちろんでございます。何かありましたでしょうか」

梅沢は顔を曇らせた。

「実は北町奉行所与力の北澤様が、診療所まで来て、芳洲様の病状を訊いてきたのだ」

「奉行所の与力が……」

梅沢は考え込んだ。

「芳洲様が城内で倒れたのは周知のこと、公儀も当然、探ってくるだろう」

「それはもちろんでございます。いろいろな方から、見舞いに来たいと言われておりますが、なんとか断っております」

「あと九日もたせるのはなかなか大変だ」

独庵は往診だけで、ごまかせるのか心配になっていた。

「わかっておりますが、そこをなんとか」

梅沢としては独庵に頼るしかない。あとは家中の者にどれだけ秘密にできるかであった。藩邸内ですら、何かと噂が飛び交っているのはわかっていた。しかし、家臣たちには容態はよろしくないとしか言っていなかった。

「今日はこれにて失礼する。あまり診察の時が長くとも怪しまれるだろう」

独庵は立ち上がって、部屋を出た。

廊下から見える中庭は手入れが行き届き、奥には植木がまるで林のように植えられて、どことなく仙台を思い出させた。

そんな景色を眺めていると、三上藩をなんとしてでも存続させなければと、思いを強くした。


独庵が往診から戻ると、甲州《こうしゅう》屋のお雪《ゆき》が待っていた。

独庵は鬢《びん》をかきかき、お雪を控え室に通した。

「独庵先生。お待ちしておりました」

両手を板座敷に突き、深々と頭を下げた。

いつものような派手な着物ではなく、黒の留め袖である。

「どうしたんです」

お雪の緊張した面持ちに驚いている。

「今度、嫁に行くことになりました」

お雪は甲州屋の主人伊三郎《いさぶろう》の娘で、歳は三十を過ぎている。五年前に好きだった男を病気で亡くしてからは、ずっと一人だった。それ以来、なにかにつけて、独庵を追いかけていた。

そのお雪が、今日は別人のようにあらたまって、独庵の目の前にいる。

「それはよかった」

独庵は心からそう思った。

「ありがとうございます」

返事をしながらも、お雪はどこか寂しそうでもあった。

「それで、どちらへ嫁すのだ」

「はい。父と一緒に仕事をしております材木問屋の舟木屋《ふなき》さんの次男、栃左衛門《とちざえもん》様のところでございます」

「次男ということは、栃左衛門とやらは跡継ぎではないのか」

「はい、ご長男は早くに亡くなり、舟木屋さんの長女、美久《みく》様のお婿様が跡継ぎでございます」

「そうか、商家は有能な婿を取ることが多いからな。では跡継ぎでなければ、お雪殿も気が楽ではないか」

「ところが栃左衛門様はいま薬種店をしております。意外と言ってはなんでございますが、お仕事がいろいろ忙しいようです」

「そうであったか、それはなかなか大変だな。薬種店か、どこかで世話になりそうだな」

独庵は話の継ぎ穂を見つけたように言った。

「先生のお役に立てれば、うれしいです」

お雪の笑顔にはどこか陰が見えた。独庵は確かめるように言った。

「嫁に行くのは、お雪殿が決めたのか。伊三郎殿が強く言ったのか」

「いえ、父の勧めはもちろんありましたが、私が決めたことです」

「そうか……」

独庵はお雪の顔を見た。その時、中庭からすーっと冷たい秋風が吹き込んだ。

お雪がからだをあずけてきたので、そのままお雪を抱いた。独庵は一瞬、手を離そうとしたが、お雪は独庵の腕の中で泣いている。

独庵は黙ってお雪を抱いていた。お雪から白檀《びゃくだん》の香りがしていた。

しばらくして、お雪は涙を拭きながら、襟を整えて座り直した。

「申し訳ございません」

独庵はしばらく黙っていた。やおら口を開き、

「幸せに暮らすのだぞ」

ぼそりと言った。

お雪は無言で頷いた。

お雪が立ち上がり、部屋を出かかると、振り返って言った。

「栃左衛門様が、私に妙なことを言っておりました」

「どういうことだ」

「なんでもありません」

お雪は独庵に近づき、独庵の手に触れた。独庵は一瞬、手を離そうとしたが、お雪

「なんだ」

「先生……」

「珍しく、水銀を買いに来た人がいたが、あまりにたくさん欲しいというので、集めるのに苦労したと言っておりました。水銀など何に使うのでしょうね」

独庵はお雪の話に驚き、一瞬戸惑ったが、

「金鍍金《きんめっき》に使うからな」

話をそらそうとした。

「そうでしたか。薬として使うのではないのですね」

お雪は納得したように笑った。

「栃左衛門の薬種店はどこにあるのだ」

「はい。日本橋本町でございます。正船屋《まさぶね》と申します」

「そうか。あの界隈《かいわい》は薬種屋が多い。私もよく行くが、正船屋は知らなかったな」

「まだ新しい薬種店ですから、先生がご存じないのも無理はありません」

「どんな客が水銀を買っていったのかわかるのか」

「はい。普通ならそういうものはお医者様とか職人が買っていくのでしょうが、お武家様が買っていったので、栃左衛門様は不思議に思ったようです」

「なるほど、それは確かにそうだな」

独庵はやはり三上藩の家臣が買ったのだと思った。こういったところから、いろいろ噂が流れてしまう。梅沢にきつく言っておかねばと思った。

「それでは先生、私はこれで失礼いたします。またいつかお会いできると思います」

「そうだな。落ち着けば、診療所にも顔を出せるだろう」

「ありがとうございます」

お雪は顔をうつむき加減のまま、部屋を出て行った。

独庵はすずに、気付かれなかったか心配になった。

5

三上藩上屋敷に通い始めて四日経ったところで、久米吉が診療所に来た。

「先生、つかず離れず、ずっと見張っておりました。やはり動きがありやす」

「そうか」

「先生の駕籠を、いつも数名の浪人がつけて行き、三上藩の上屋敷の前をずっと見張っております」

「何者だ」

「それはわかりやせんが、どう見ても風体の悪い浪人どもですから、どこかの藩の者とは思えねえです」

「そうか、三上藩になにかしら関わっている連中かもしれんな」

「まさか水銀のことで、薬種店の主人が疑念を抱くとは、思ってもいなかった。独庵はあと五日以上、芳洲の死を隠しておけるのか不安になっていた。

久米吉が言っていたことが気になり、三上藩上屋敷の門の前で、迎えの駕籠から降りて、周囲を見回した。とくに人の気配は感じなかった。

秋風に枯れ葉が舞っている。

三上藩の上屋敷に行くたびに、小さな赤い実をつけた木が気になっていた。櫟《いちい》の木だった。仙台にも樹齢百年といわれていた櫟の大きな木があった。秋に小さな赤い実をたくさんつけた。

幼いころ、あの赤い実を食べたが、中の黒い種が毒だと教わってからは、怖くなって食べるのをやめた。

そんなことを独庵は思い出しながら、屋敷の中に入った。

芳洲の遺体がある部屋へ行き、診察に見せかけるために部屋の中でしばらく時が経つのを待った。

部屋の隅には、横峰と名を聞いた家臣が無言で座っている。

「なにかありましたかな」

独庵が横峰に訊く。

「いえ、何事もございません」

横峰は頭を下げて言った。時が止まっているように静かな部屋の中である。家臣たちが平穏を装い、まさに時を止めている。

独庵は三上藩の家臣たちの冷静な対応に驚いていた。

三上藩の家臣たちはお家の一大事にもかかわらず、なんと冷静沈着なのであろうか。お家断絶、改易になるかもしれないというのに、普段の日常のように振る舞っている。たいしたものだと、独庵は感心するばかりである。

医者にとって、もっとも大切なことは平静の心だった。

患者が出血して倒れていても、冷静になれなければ適切な処置ができない。あたふたするのは素人であり、医者は心を動かされてはならない。しかし、そうなるには場数がいる。代脈の市蔵はそのあたりの経験がまだまだ少なかった。

もう一度、横峰に目をやるが、先ほどと同じように主をじっと見守り、微動だにしない。

独庵は会釈して、部屋を出た。

重苦しい部屋の様子とは変わって、中庭には秋の風情が漂う。櫟の木のほかに、栗の木もあった。

栗の実が地面に落ちている。それを女中たちが足でいがを踏み、火箸のような道具で器用に栗の実だけを取り出している。

ここの庭はたぶん三上藩の国許《くにもと》の景色を再現しようとしたのだろう。他の大名屋敷のような派手さがなく、心が安まった。

それだけに独庵も仙台が恋しくなった。江戸に出てからこんな気分は初めてだった。

廊下を歩いて行くと、梅沢が待っていた。独庵は急に険しい表情になった。

「梅沢殿、話があります」

「なんでございましょう」

独庵が一歩近づいて言った。

梅沢は独庵の顔付きを見て不安に思ったようだ。

「どうもつけられているようだ」

「三上藩の様子をうかがう輩《やから》でございましょう」

梅沢はさほど驚く様子もない。

「心当たりがおありかな」

「なくはありません」

梅沢ははっきり言わない。

「もう少しはっきりおっしゃってもいいのではないか。私も三上藩の秘密を知っている、いわば仲間内ですから」

「確かに。実は上屋敷におりました中間《ちゅうげん》が五人、屋敷内で博打《ばくち》を始めて、外からも人が入っていたことがわかりました。それでふた月前に馘首《かくしゅ》したことがあるのです。その連中がどうも逆恨みをしているらしく、藩主の姿が見えないことを不審に思い、そのわけを探っているようなのです。よからぬ所業が私の耳にもいろいろ入ってきております」

梅沢は額に手をやった。

「なるほど。三上藩の弱みを握って、脅したいのでしょうな」

「まったく金のためなら、なんでもやる連中なので、困っております」

梅沢は苦々しく言った。

「そうですか。私の周辺も常に目が行き届くようにしておきましょう」

「独庵殿なら油断はございませんでしょう。いましばらくでございます」

「いずれにしても、互いに気を付けるに越したことはございませんな」

独庵はそう答えると、玄関に歩いて行った。中庭に目をやると、女中たちの傍らに栗の入った笊《ざる》が並んでいた。

門には駕籠が待っていて、独庵は会釈して乗り込んだ。

6

独庵は品川にある仙台藩下屋敷に、駕籠で向かっていた。

妻のお菊と下屋敷で食事をすることになったのだ。

駕籠に揺られながら、独庵の気持ちは落ち着かなかった。仙台から江戸に出てきて、二年が経っていた。その間にお菊のいる下屋敷に行ったことがなかった。

下屋敷に行く気になったのは、三上藩の中庭を見た時だった。櫟の木を見ていたら、妙に仙台が恋しくなったのだ。

さらに昨日、お菊から書状が届き、「明日の満月の夜、下屋敷でお食事などはいかがでしょうか」と、あった。独庵は素直に「夜にはそちらにうかがう」と、返事をしておいた。

品川の仙台藩下屋敷が近くなると、外は肌寒いのに、額に汗が滲《にじ》んできた。

独庵は駕籠を降りた。

番所の番人が独庵を見て、

「独庵先生でございますか」

と言った。

自分のことなど見たこともない番人がなぜ、自分のことを知っているのか不思議に思った。

お菊が気を回し、自分の風体を言ってあったのかもしれない。

独庵は屋敷の中に入った。下屋敷とはいえ、さすがに六十万石を超える仙台藩である。玄関までが遠い。庭の手入れは細かくなされていて、今の季節でありながら、枯れ葉一枚落ちていない。

玄関まで行くと、お菊が待っていた。

「お待ちしておりました」

よそよそしく言った。光琳《こうりん》模様の着物を着て、いつものようにどこか堅苦しい。

「今日はいい天気でよかったな」

独庵は振り向き、夜空を見ながら言った。

「はい。月が綺麗《きれい》に出ると思います。お食事は客間に運ばせますので、こちらにどうぞ」

なにせ下屋敷に初めてきたので、勝手がわからず、お菊の言うままに従うしかなかった。

廊下を歩いて行くと、

「独庵殿ではないか」

後ろから声がした。

独庵が振り向くと、そこにはかつて藩医として一緒に働いていた尾崎仙覚《おざきせんかく》が立っていた。なかなか優秀な男だったが、金遣いが荒いのが欠点だった。医者としても、どうも自分の考えに凝り固まってしまう癖があり、仙台藩に残れる医者とは思えなかった。

「お菊殿から今日、独庵殿が見えると聞いて、お待ちしていた。ぜひ、お会いしたかったのでな」

「それはそれは。お久しぶりですな。いまはどうしておられる」

「いまは下屋敷の藩医であるが、なかなかここだけの俸禄《ほうろく》では食えないので、品川のほうで開業医もやっておるのだ」

「そうであったか」

「江戸で医者として生きて行くのも大変でござる」

尾崎は頭を掻《か》きながら言った。

「江戸には医者が多いからな」

「まあ、独庵殿ほどの名医となれば、金のことは心配もいらないのだろうが……。さて、いまから往診に行ってまいる」

「こんな刻限に往診とは気の毒なことだ」

「病に昼も夜もないからな」

尾崎は代脈らしい男を連れて、玄関に向かって行った。

「尾崎先生はよく知っていらっしゃるので」

お菊が尾崎のこせこせした後ろ姿を見ながら言った。

「いや、実はよく知らないのだ。仙台藩には多くの医者がいて、なかなか全部の顔は覚えられん」

「そうですね。でもあなた様も、人を気遣うことができるようになったのですね」

「こう見えても苦労があってな。江戸で人間が出来てきたのだろう」

不思議なことに、お菊の毒気のある言葉を、今夜はあまり気にしないでいられた。

客間へ行くと、中庭に面した障子は開け放たれて、満月が東の空に上ってきていた。

それを見ながら独庵は膳の前に座った。

「ほんとうによくいらっしゃいました」

お菊は座り直すと、改めて頭を下げた。

「なんだ。よそよそしいではないか」

独庵は笑ってみせた。

「いえ、いえ。本当にうれしいのです。あなた様がようやく下屋敷に来てくださって」

お菊のえらの張った顔が少し丸くなったようにみえた。

「失礼いたします。清太郎でございます」

廊下で声がした。

独庵の嫡男、清太郎だった。今年で十五歳になる。清太郎に会うのは半年ぶりだった。

清太郎は部屋に入ってくると、畳に両手をついて、頭を下げた。独庵と同じように、がっしりした体つきだ。

「清太郎、元気そうだな」

独庵は笑顔で言った。

「父上も、お元気そうでなによりでございます」

「学問は進んでおるか」

「はい。芝の上屋敷にあります学問所で、医学も学んでおります」

「おおそうか。それはいい」

独庵は目を細めた。

「学問所での成績もいいのです」

お菊が誇らしげに言った。

「それでは、将来は医者になるか」

「それはまだわかりません。でも、医学の勉強はなかなか面白いです」

「それは頼もしいな。仙台の学問所でも、医学書の講釈が行われるようになったらしいからな」

独庵は清太郎の成長がうれしかったが、もっと視野を広げて勉強して欲しいと思っていた。

「私はこれにて失礼します。お邪魔いたしました。お月見をお楽しみください」

清太郎は頭を下げて挨拶をすると、出て行った。

「なかなか、生意気な口をきくようになったものだ」

独庵が言った。

「生意気ではございません。大人らしい言葉遣いでございます」

お菊は相変わらず一言多い。

料理が次々に運ばれてきた。

「いかがでございますか」

「うまい。さすがに浅草の小料理屋よりはうまい」

「それは褒めていらっしゃるのですか」

「もちろん。さすがは藩邸だけのことはあるな」

食事の最後に月見の団子が運ばれて来た。

「どうぞ、お月見のお団子です」

「うまそうだな」

甘党の独庵が一口食べてみると、どこかで食べたような気がした。なかなか思い出せない。

独庵が首を傾《かし》げた。

「どうしたのですか、団子がなにか」

「いや、どこかで食べた味がするのだ。そうだ、これは『月《つき》の岬《みさき》』の団子ではないか」

「よくご存じですね」

「去年、食べたのだ」

「あら、どなたと」

「馬鹿を言うでない。絵師の心の病を治すために、月見に連れて行ったのだ」

「そうでしたか」

お菊に独庵の言葉を疑う素振りはない。

「しかし、今夜の月は実に美しいな」

「はい」

二人は月に見とれて、時の過ぎるのを忘れていた。

月も次第に庭から見えなくなったころ、
独庵は我に返ったように言った。

「そろそろ帰るぞ」

「こんな遅くにですか」

「明日、早朝、往診に行かねばならない」

「お忙しいのですね」

「しかたがないだろう。医者の務めだ」

もちろん三上藩の事情など、お菊に言うわけにはいかない。

「駕籠を呼んでくれ」

「わかりました」

しばらくして、駕籠が到着した。

独庵はお菊について玄関まで行き、見送りの女中たちに挨拶をしながら、潜戸を出た。月は大きく傾き、半刻もすれば、家々の屋根に隠れそうだ。

お菊は門の外まで出て、独庵を見送った。

独庵の乗った駕籠は、暗闇の中を浅草へ急いだ。

新橋《しんばし》のあたりまで来た時だった。駕籠が止まり、地面に下ろされた。

「おい、逃げるぞ」

駕籠舁《かごかき》の怒鳴り声が聞こえ、走り去る足音がした。

独庵は何事かと、駕籠から降りてあたりを見回した。数名の浪人が独庵のほうに向かってくる。

駕籠舁が担ぎ棒に残していった提灯《ちょうちん》があたりを照らしている。その明かりで浪人の姿がぼんやりわかる。

後ろから足音がして、

「先生」

と叫ぶ声がした。久米吉だった。ずっと独庵を見張るようにあとをつけていたのだろう。

浪人たちが刀を抜き、独庵に向かって走ってくる。

久米吉が独庵に刀を投げた。独庵は受け取ると同時に、抜刀して、上段に構えた。その気迫で浪人たちが立ち止まった。

浪人の一人が前に出て言った。

「独庵だな。三上藩でいま何が起きているのだ。吉益芳洲の身になにかあったな。それを言えば、斬らずにおいてやろう」

浪人はじりじりと独庵に近づいてくる。

「お前に俺が斬れるかな」

独庵は上段に構えたまま言った。

「斬られてもいいのだな。言えば助けてやるぞ」

浪人がそう言ったとき、一歩踏み込むやいなや、上段から振り下ろされた独庵の刀が浪人の頭をかち割るように切り裂き、一瞬にして男は倒れた。

男の背後に浮かんでいた満月を同時に、切り裂くような剣の動きであった。

残った浪人が、

「やってしまえ」

と叫んだが、独庵はさらに踏み込むと下段の構えから一人を斬り上げた。

さらに、逃げようとする男に走り寄って、再び上段に構えた。刀に一瞬、月影が映り込んだかと思うと、男は背中を斬られて倒れていた。

久米吉が近寄って来た。

「これは三上藩の元中間の手先ですね」

「自分たちが馘首された恨みを、なんとか晴らしたかったのだろう。久米吉ならとうにお見通しだろうが、こやつらが騒げば、お家相続が面倒なことになる。そう脅かせば金になると踏んだのだろうよ」

「そうでやすね」

久米吉が頷く。

独庵は刀を納めて、

「駕籠舁は逃げてしまったか。歩くしかないな」

と言って、歩き出した。

久米吉は担ぎ棒から提灯を取ると、独庵の前を照らした。

7

翌日、独庵は三上藩上屋敷に往診に行き、再び梅沢に会った。昨夜の出来事を話した。

「独庵殿、大変なことに遭遇されましたな。こたびの往診のことで、独庵殿にご迷惑がかかるとは申し訳ない」

梅沢はひたすら謝った。

「いや、それなりの覚悟はしていた。私をつけている連中がいることもわかっていた」

「目にあまる振る舞いにつき馘首した中間の輩ですな。それとなく注意していたのですが……」

「まあ、いつの世も質《たち》の悪い連中はいる。仕方のないことかもしれない」

独庵はむしろ梅沢に同情した。

「もう少しで、公儀からの返答が来るはずです」

「御目見得《おめみえ》の日が決まるのか」

　独庵が訊く。

「その前にひとつ大事があります。判元見届です。大目付が上屋敷まで来て、当主の生存を見届けるのです。そこで初めて、末期養子を認めるという段取りになります」

「梅沢殿、どうなさるおつもりか。さすがに死んでいる当主を生きているとごまかすわけにはいかないであろう」

「そうなのですが、いろいろ他の藩の例などを聞くと、判元見届はあくまで儀式であり、なんとかなるかもしれません」

「どういうことだ」

　独庵には梅沢の真意が測りかねた。

「公儀も本音は改易などして、藩を取り潰すことはしたくないのです。とはいえ、簡単に末期養子を認めてしまうと、示しがつかなくなる。そこで、判元見届はあくまで、それを行ったという事実があればいいということのようです」

「では、どうするおつもりか」

「実は明日、判元見届に大目付の池見《いけみ》正成《まさなり》様が見えることになっております。その時、独庵殿にも是非、同席をお願いしたい。段取りはあとでお知らせいたします。明日も往診に来てくだされば、すべては手前どもが……」

「なるほど、わかりました」

独庵はどうするつもりなのか一抹の不安がないでもなかったが、ここは梅沢に任せるしかなかった。


翌朝、独庵は迎えの駕籠に乗り、三上藩上屋敷に到着した。

普段より、多くの家臣が門の左右に居並んでいた。大目付が来るとなれば、鄭重《ていちょう》に出迎えねばならない。まして事情が事情だけに家臣たちにも緊張が走っている。

独庵が芳洲の遺体のある部屋へ行くと、部屋の真ん中に屛風《びょうぶ》が立ててあった。屛風のこちら側からは芳洲の姿は見えない。梅沢が言っていたのは、これだったのか。

つまり判元見届は、大目付が来たということに意味があって、藩主が生きているかどうかの確認は形だけということなのだろう。

独庵が屛風の手前に座っていると、梅沢が入ってきた。

「ごらんの通りです。大目付にはこちらに座っていただき、屛風の向こうに行かないようにしてもらいます。吉益芳洲様はご健在かと聞くので、そのときは私がいま病のために返事はできませんが、元気にしておりますと返答をします。その時、独庵先生も一言、左様でございますと言ってもらえればいいのです」

「なるほど、そういう段取りであったのか。なぜそのようなことをご存じなのだ」

独庵は不思議に思った。

「懇意にしております、鈴鹿《すずか》藩のご家中の入山《いりやま》様からこの話を聞きました。鈴鹿藩も末期養子でずいぶん大変な思いをされたようで。実は大目付の池見正成様ご自身が末期養子だと耳にしております」

梅沢は落ち着いていた。

「なるほど。藩も公儀もことを荒立てたくないという思いは一緒というわけだ」

独庵は大きく頷いた。

「失礼する。大目付、池見正成でござる。判元見届に参った」

障子はすでに開かれていて、廊下に大目付が立っていた。梅沢と横峰が両手を突いて、頭を下げた。独庵もそれに従った。

「なにとぞ、よろしくお願い申し上げます」

梅沢がもう一度頭を下げる。

池見は屛風の前にゆっくり座り、梅沢を見た。

「吉益芳洲殿のお加減はいかがであるか」

型どおりの質問をしてくる。

「はい、疱瘡に起因する胸の病が悪化して、返事をなされることは難しいのですが、存命でございます」

「ほう、なかなか重症ということなのだな。そちらに見えるのは独庵先生ですな。なんどか、城内に往診に来ていただきましたな」

さすがに独庵の顔は、城内にも知れ渡っている。

「私の名をご存じとは、まことに光栄でございます」

「なにを申すか。天下の独庵先生ではないか、知らぬ者はおるまい」

大目付の池見にとって判元見届はただの形にすぎない。三上藩にとっては一大事だが、まるで物見遊山のような振る舞いである。

「いえいえ、滅相もございません」

独庵は頭を下げた。

「独庵殿、吉益芳洲さまの容態は悪いのか」

池見がじっと独庵を見る。

「疱疹の症状が重うございました。胸もだいぶやられておりますが、いまも気はしっかりしておられます」

「おう、そうかそうか。末期養子がうまくいくといい」

いかにも体裁大事と言わんばかりである。つまりお目こぼしなのだという顔で、周囲を見回し、

「それではこれにて、判元見届は終わりでござる。あとは嗣子の御目見得をしっかりやるように」

池見は立ち上がるとくるりと背を向けた。それまで、廊下に控えていた供の者を引き連れ、玄関に向かった。

ずっと頭を下げていた梅沢は、池見が去ったのを感じると、頭を上げた。

「こんなことでいいのか」

独庵は呆れ返ったように、梅沢に小声で言った。

「これで万事遺漏はございません。藩を潰したくない公儀と潰されたくない藩の、いわば阿吽《あうん》の呼吸というやつで」

「なるほどな。あとはどうするのだ」

「これで公方様の御目見得を宝善様がすませれば、末期養子の段取りは終わりです。あと数日です」

「まだ往診を続けるのか」

「申し訳ありませんが、御目見得が終わるまでお願いいたします。そのあと芳洲様の死亡を公にして、家督相続は終わることになります」

「では、もう少しの辛抱ということだな」

「左様でございます」

独庵は釈然とはしなかったが、なんとか先が見えてきて、安堵していた。

8

三上藩上屋敷への往診は続いていたが、御目見得の日取りも決まったと聞いた日だった。

北町奉行所からの使いが浅草の診療所に来て、奉行の黒川篤昌《あつまさ》の、ご足労願いたいという書状を置いていった。

独庵は、三上藩のことだろうと直感した。黒川自ら書状をよこすというのは、よほどのことだ。

独庵は昼四つ（十時）を過ぎたころ、北町奉行所へ向かった。

奉行所に入って行くと、門番が独庵の顔を見るなり、奥の部屋へ行くように言った。

通された部屋で待っていると、黒川が難しい顔をして現れた。

「今日はどうなされたのでしょうか」

独庵が訊く。

「少し、困ったことになってな。どうしても独庵殿に確かめておきたい」

「なんでございましょう」

「これだ」

黒川は投げ文らしきものを開いて独庵に見せる。独庵が受け取り、目を通した。

三上藩藩主吉益芳洲殿はすでに亡くなっている。上屋敷内でそれを隠そうといろいろ算段しているが、このまま放っておいてはご政道がゆがめられる。これには浅草諏訪町の医者独庵がかかわっておるそうな、よろしくお調べあれ。

「どうだ」

黒川は独庵の表情を読もうとした。

「吉益芳洲様は確かに私が往診に伺っております」

「やはりそうか。で、この投げ文には、吉益様は逝去されたとあるが、どうなのだ」

「とんでもない。吉益芳洲様はご存命、昨日も、温かいお手を取って脈を確かめております。三上藩への根も葉もない、言いがかりかと」

独庵は先夜襲ってきた中間どもの残党がまだいることを覚《さと》った。

「吉益芳洲殿は、ご健在なのだな」

「もちろんでございます」

「そうか。しかし、なぜ独庵殿は三上藩の上屋敷にまで往診に行くのか。何か義理でもござるのか。まさか私に隠し事をしているのではあるまいな」

「まさか。何をおっしゃいますか」

独庵は大げさに驚いてみせた。

「三上藩から末期養子の申し出があり、奉行所としても事実を確かめておかねばならぬ」

「過日、大目付様がみえて、判元見届をすませております」

「独庵殿、吉益芳洲殿がもし亡くなっていたら、独庵殿にも火の粉がかかりますぞ」

「これは異な事を申される。それでは御老中に直接、黒川様のことを御報告してよろしいというのですな」

黒川の表情が変わった。

黒川は独庵に弱みを握られていた。

独庵と以前から昵懇《じっこん》だった甲州屋の主人伊三郎は、和蘭《オランダ》からの貿易で利益を上げていたが、なにかと便宜をはかってもらうため、役人に何度も会って賄賂を渡していた。

一度に高額では目立つので、月に一度か二度会うようにして、念入りに賄賂を渡していた。

ときには伊三郎は奉行の黒川篤昌に直に会う機会もあり、それとなく賄賂を渡していた。しかも、その金額は積もり積もって大枚五百両とか。この賄賂の話が老中にまで届いてしまうと、当然、奉行の首は飛ぶ。

「また、それを言う。その五百両は探索費に繰り込んであると、再三再四、申しておるではないか」

「伺っております。しかし、賄賂は賄賂でございます。医者も人を助けるとなれば、なんでもするのです」

「人助けと」

黒川はあきれたように言う。

「お奉行様の首以上に大切なものも、世の中にはございましょう」

独庵は胸を張って言った。

黒川はそれ以上、なにも言わなかった。

「それでは失礼いたします」

頭を下げて、部屋を出た独庵の脳裏には、苦虫を嚙みつぶしたような黒川の顔が、浮かんでいた。


独庵が奉行所に呼び出された二日後の夜だった。夕方から雨が降り始め、診療所の屋根を激しく叩きつけた。その雨音をものともせず、潜戸を叩く音がした。

すずが驚いて走って行き、潜戸を開けた。

「三上藩の梅沢でござる」

駕籠から降りてそれほど経っていないはずだが、合羽《かっぱ》を着た、ずぶ濡《ぬ》れの梅沢が立っていた。

すずが慌てて招き入れた。

「ささっ、どうぞ中へ」

すずが傘を差し出したが、梅沢は無視して、玄関に駆け込む。

「いま、呼んで参ります」

すずが独庵を呼びに廊下を走った。

「先生、梅沢様がいらして……」

すずが言い終わらないうちに、

「そうか」

と返事があり、障子が開いて独庵が出てきた。

独庵は急ぎ足で玄関まで行く。

「どうなさった。お許しが出ましたか」

独庵が合羽の裾《すそ》から雫《しずく》をしたたらせた梅沢に訊いた。

「末期養子、叶《かな》えられました」

梅沢の顔は雨に濡れていたが、それが涙のようにも見えた。

「それは、よかった」

「独庵殿のご苦労のおかげでございます」

「いやいや、梅沢殿のご心労、どれほどのものであったか」

独庵は待合室に梅沢を上げて、座らせた。

すずが手ぬぐいを持ってきて、梅沢に渡すと、それで顔を拭った。

「八万石三上藩家中の者すべて、これで救われたのです」

「よけいな事だとお伝えしなかったのですが、北町奉行の黒川様から呼び出しがございまして、芳洲様のご病状につき、いろいろ訊かれました」

「なんと、そんなことがあったのですか」

「投げ文があり、芳洲様はこの世にいないと……」

独庵が息を殺すように言うと、梅沢が大きく息をつき、

「いったいだれが……まだあの中間どもがあきらめずにいやがらせをしているのか」

独り言のように梅沢は言った。

「さて、中間どもの仕業かどうか、それはわかりません。しかし、黒川様には、私がしかと委細を伝えておきましたのでご心配にはおよびません」

「それで黒川様は、納得なさったのか」

「もちろんでございます」

独庵の自信に満ちた口振りで、梅沢は落ち着いたようだった。

「そこまで、ご配慮願ったとは、まったくもってお礼の申しようもござらぬ」

「いや、医者にとっては役人の首より大切なものがあると言ったら、黒川様は黙って

しまわれました」

「そうですか、いや、独庵先生のお言葉だからこそ、黒川様も納得されたに違いありません」

「まあ、とにかく、養子が認められたのだから、これでひと安心ですな」

独庵が大きく息を吐いた。

梅沢は何度も礼を言い、雨の中を帰って行った。

不思議なことに、梅沢が辞去したあと、激しい雨は嘘《うそ》のように止《や》んで、月が昇り始めていた。

9

梅沢から家督相続が無事に終わったことを聞いた大雨の夜から三日後、久米吉が診療所に駆け込んできた。

「先生、大変です。三上藩の嗣子宝善様が、突然亡くなったそうです」

「なんだと」

独庵は驚きのあまり、持っていた冊子を落とした。

「十六歳とのことでしたが、元々病弱だったようで、心臓が弱く、養子の申し出を受ける受けないで心労が重なったようです」

久米吉は呆然《ぼうぜん》とする独庵に告げる。

「それは公儀には知られたのか」

「それが、上屋敷でお祝いをしている席でのこととか。突然倒れて、そのまま亡くなったそうです。客の中には他藩の家臣や公儀の役人たちもいたので、もはや隠しようがなかったとのことです」

「なんということだ。それでは手の打ちようがないではないか。もはや私がどうこうできることではなくなったな」

自分のいままでの苦労が水の泡になったことより、三上藩のこれからが思いやられた。

独庵は突然、立ち上がると、廊下から中庭に降りた。

真剣を持つと、上段の構えから素早く振り下ろした。それを何度も繰り返し始めた。

久米吉には、独庵が何かを振り払おうとしているかのように見えた。

久米吉は正座をしてそれを見続けた。

三上藩の若い藩主の死亡が知れてから、公儀の動きは速かった。

十日経たないうちに三上藩の改易が決まった。家中の者は当面、陸奥国盛五戸《もりごのへ》藩の藩主西部《にしべ》道介《みちすけ》様にお預けとなった。ただし、吉益芳洲の別の甥《おい》が家名を継いで旗本として存続が決まった。

とはいえ、厳しい処置であった。

末期養子が形骸化した昨今、三上藩の改易は、他の藩からも驚きの目で見られた。

独庵は、三上藩の家中の者が改易のために上屋敷を引き渡し、陸奥国盛五戸藩へ向かう日を知った。その日、独庵は三上藩の上屋敷に向かった。

門の前では、中間たちが忙しそうに荷物を運び出し、荷車に積み込んでいる。

そこに梅沢が立っていた。独庵の姿を見ると、

「独庵殿、せっかくお骨折りいただいたのに、このようなことになってしまい実に申し訳ない」

「なんとも残念です」

「いろいろ悔いは残るが、潔くしてこそ武士の面目が保てるというものでござる。吉益の家名は旗本でなんとか存続することを許された。それだけが私の救いでござる」

「心強くお持ちください」

独庵は梅沢の気持ちを察すると、それ以上言葉がなかった。

「独庵先生もお元気で」

「ありがとうございます。長い道中、どうぞご無事で」

独庵は遠い国への旅路の大変さを気遣った。

梅沢が家臣たちに一瞥《いちべつ》をくれると、先頭にいる者たちがゆっくり歩き出した。

梅沢は駕籠に乗り込んだ。

風はすでに冬を思わせる冷たい風となって、吹き抜けていく。

独庵はその寒風の中、梅沢たちが見えなくなるまで、ずっと見送っていた。

独庵が背後に控えた久米吉に言った。

「例の中間どもだがな、居場所をつかんでくれないか。このままでは私の腹の虫が収まらん」

かすかな気配がして、独庵が振り返ると、もうそこに久米吉の姿はなかった。

※本作はフィクションです。登場する人物・団体・事件等は、実在のものとは必ずしも一致しません。

小学館文庫
好評既刊

看取り医　独庵

根津潤太郎

ISBN978-4-09-407003-3

浅草諏訪町で開業する独庵こと壬生玄宗は江戸で評判の名医。診療所を切り盛りする女中のすず、代診の弟子・市蔵ともども休む暇もない。医者の本分は患者に希望を与えることだと思い至った独庵は、治療取り止めも辞さない。そんな独庵に妙な往診依頼が舞い込む。材木問屋の主・徳右衛門が、憑かれたように薪割りを始めたという。早速、探索役の絵師・久米吉に調べさせたところ、思いもよらぬ仇討ち話が浮かび上がってくる。看取り医にして馬庭念流の遣い手・独庵が悪を一刀両断する痛快書き下ろし時代小説。2021年啓文堂書店時代小説文庫大賞第１位受賞。

小学館文庫
好評既刊

看取り医　独庵
漆黒坂

根津潤太郎

ISBN978-4-09-407072-9

浅草諏訪町の診療所に岡崎良庵という小石川養生所の医師が現われた。患者を診てもらいたいという。代診の市蔵と養生所に出向いた独庵だが、売れっ子の戯作者だという患者の診立てがつかない。しかし、独庵の気掛かりはそれだけではなかった。ごみ溜めのような養生所の有り様、看病中間の荒んだ振る舞い、独庵の腕を試すような良庵の言動……。養生所にはなにかある！　独庵は探索役の絵師・久米吉に病と称して養生所に入れ、と命ずる。江戸随一の名医にして馬庭念流の遣い手が諸悪の根源を断つ！　2021年啓文堂書店時代小説文庫大賞第１位受賞作の第２弾。

小学館文庫
好評既刊

万葉集歌解き譚 くさまくら

篠 綾子

ISBN978-4-09-407020-0

万葉集ゆかりの地、伊香保温泉への旅は、しづ子と母親の八重、手代の庄助に小僧の助松、それに女中のおせいの総勢五人。護衛役は陰陽師の末裔・葛木多陽人だ。無事到着した一行だったが、多陽人が別行動を願い出た。道中でなにか気になったものがあるらしい。しかし、約束の日時が過ぎても戻ってくる気配がない。八重の命で捜索に向かった庄助と助松の胸に、国境の藤ノ木の渡しの流れで目にした人形祓いが重くのしかかる。この烏川の上流になにかあるにちがいない。勇を鼓して川を遡り始めた二人が霞の中に見たものは――。「万葉集歌解き譚」シリーズ最新刊。

小学館文庫
好評既刊

うちの宿六が十手持ちですみません

神楽坂 淳

ISBN978-4-09-406873-3

江戸柳橋で一番人気の芸者の菊弥は、男まさりで気風《きっぷ》がよい。芸は売っても身は売らないを地でいっている。芸者仲間からの信頼も厚い菊弥だが、ただ一つ欠点が。実はダメ男好きなのだ。恋人で岡っ引きの北斗は、どこからどう見てもダメ男。しかも、自分はデキる男と思い込んでいる。なのに恋心が吹っ切れない。その北斗が「菊弥馴染みの大店が盗賊に狙われている」と知らせに来た。が、事件を解決しているのか、引っかき回しているのか分からない北斗を見て、菊弥はひとり呟くのだった。「世間のみなさま、すみません」――気鋭の人気作家が描く、捕物帖第１弾！

若殿八方破れ（五）
久留米の恋絣

鈴木英治

ISBN978-4-09-407110-8

仇敵・似鳥幹之丞を追う真田俊介と仇討ち旅一行。天才剣士・皆川仁八郎と入れ替わるように加わった有馬家の姫君・良美とともに、一行は有馬家二十一万石の城下町、筑後久留米に到着する。さっそく本丸奥御殿に入った良美は筆頭国家老・吉田玄蕃から、父の藩主・頼房が蠍に刺されて人事不省に陥っていると知らされる。なんとも面妖な暗殺手法に頭をかかえる俊介。いったい、誰が大名家の藩主を狙ったのか。この期に及んで、似鳥はいかなる手練手管を使って俊介に挑んでくるのか。多事多難の旅に思いも寄らぬ試練！　手に汗握る傑作廻国活劇、まさかの大団円！

小学館文庫
好評既刊

突きの鬼一
饗宴《きょうえん》

鈴木英治

ISBN978-4-09-407037-8

お家騒動で殺された桜香院の四十九日法要は御成道沿いの天栄寺で行われた。葉桜に目をやり、母の思い出に浸るかとみえた一郎太が場所柄もわきまえず、博打場に行くぞ、と言い出した。呆れ果てて絶句する神酒藍蔵と興梠弥佑。博打には勝ったが、好事魔多し。大川を舟で戻る途中、四艘の猪牙舟に襲われる屋形船に遭遇する。火矢が放たれ、炎に包まれた屋形船に飛び移った一郎太が目にしたのは、幕府の要人と思しき二人の人物。しかも、その一人には見覚えがあった。江戸を舞台に一郎太の新たなる人生が始まる！　累計22万部、好評書き下ろし痛快時代小説第７弾！

小学館文庫
好評既刊

城下町奉行日記 熊本城の罠

井川香四郎

ISBN978-4-09-407112-2

「諸国の城を見聞してまいるのだ！」――江戸城の天守を再建すると言い出した八代将軍・徳川吉宗の鶴の一声で突然、御城奉行に任じられた旗本の一色駿之介。許嫁・結実との祝言を挙げる暇もなく、中間の金作を供として、涙ながらに肥後熊本へ出立する羽目に。着いたら着いたで、公儀隠密に間違われるわ、人さらいに巻き込まれるわ、ついには藩主・細川家の御家騒動にまで足を突っ込むことになるわで……。『城下町事件記者』で活躍する一色駿作のご先祖様が難事件の謎を叩っ斬る！　江戸から読むか、現代から読むか？「城下町・一色家シリーズ」の江戸時代版！

小学館文庫
好評既刊

付添い屋・六平太
河童の巻 噛みつき娘

金子成人

ISBN978-4-09-407102-3

天保四年秋、秋月六平太は豪商の娘たちの舟遊びに付添った。その会食の席で酔った若侍が狼藉を働く。残された脇差から侍は旗本の次男・永井丹二郎と知れた。意趣返しを警戒し永井に接触した六平太は、逆に剣の腕を見込まれ、道場師範に乞われてしまう。その頃『市兵衛店』に付添い仲間の平尾伝八夫婦が越してきた。さらには妹の佐和母子も六平太宅に居候することになり、長屋は俄に賑やかに。稼業のためにと剣術修業を始めた伝八に、六平太は祝儀代わりの仕事を融通した。だが翌朝、伝八は何者かに斬られ瀕死状態で見つかる。日本一の王道人情時代劇、最新刊！

―本書のプロフィール―

本書は、小学館のために書き下ろされた作品です。

小学館文庫

看取《みと》り医《い》 独庵《どくあん》　隅田桜《すみだざくら》

著者　根津《ねづ》 潤《じゅん》 太郎《たろう》

二〇二二年三月九日　初版第一刷発行

発行人　石川和男

発行所　株式会社 小学館

〒一〇一-八〇〇一

東京都千代田区一ツ橋二-三-一

電話　編集〇三-三二三〇-五九五九

販売〇三-五二八一-三五五五

印刷所――中央精版印刷株式会社

この文庫の詳しい内容はインターネットで24時間ご覧になれます。
小学館公式ホームページ　https://www.shogakukan.co.jp

ISBN978-4-09-407129-0